D1746005

WIELKA CZWÓRKA

W KOLEKCJI JUBILEUSZOWEJ ukazały się:

- *A.B.C.*
- *Dom zbrodni*
- *Dwanaście prac Herkulesa*
- *Entliczek pentliczek*
- *I nie było już nikogo*
- *Karty na stół*
- *Kieszeń pełna żyta*
- *Kurtyna*
- *Morderstwo na plebanii*
- *Morderstwo na polu golfowym*
- *Morderstwo odbędzie się*
- *Morderstwo w Boże Narodzenie*
- *Morderstwo w Mezopotamii*
- *Morderstwo w Orient Expressie*
- *Noc w bibliotece*
- *Pani McGinty nie żyje*
- *Pięć małych świnek*
- *Rendez-vous ze śmiercią*
- *Samotny Dom*
- *Strzały w Stonygates*
- *Śmierć na Nilu*
- *Śmierć nadchodzi jesienią*
- *Tajemnica gwiazdkowego puddingu*
- *Tajemnicza historia w Styles*
- *Wielka Czwórka*
- *Wigilia Wszystkich Świętych*
- *Zabójstwo Rogera Ackroyda*
- *Zagadka Błękitnego Ekspresu*
- *Zatrute pióro*
- *Zbrodnie zimową porą*
- *Zerwane zaręczyny*
- *Zło czai się wszędzie*

AGATHA CHRISTIE

WIELKA CZWÓRKA

Przełożyła z angielskiego
Jolanta Bartosik

Wydawnictwo
Dolnośląskie

Zapraszamy na **www.publicat.pl**

Tytuł oryginału
The Big Four

Projekt okładki
NATALIA TWARDY

Koordynacja projektu
PATRYK MŁYNEK

Korekta redakcyjna
IWONA HUCHLA

Redakcja techniczna
KRZYSZTOF CHODOROWSKI

The Big Four Copyright © 1927 Agatha Christie Limited. All rights reserved.
AGATHA CHRISTIE and POIROT are registered trade marks of Agatha Christie Limited in the UK and elsewhere.
All rights reserved.

www.agathachristie.com

Polish edition published by Publicat S.A. MCMXCVI, MMXXIII
Polish translation © Prószyński Media sp. z o.o. (2023)

All rights reserved.

ISBN 978-83-271-6426-1

W
WYDAWNICTWO
DOLNOŚLĄSKIE

jest znakiem towarowym Publicat S.A.

61-003 Poznań, ul. Chlebowa 24
tel. 61 652 92 52, fax 61 652 92 00
e-mail: office@publicat.pl, www.publicat.pl

Oddział we Wrocławiu
50-010 Wrocław, ul. Podwale 62
tel. 71 785 90 40, fax 71 785 90 66
e-mail: wydawnictwodolnoslaskie@publicat.pl

Od wydawcy polskiego

> Nazywam się Herkules Poirot
> i jestem prawdopodobnie
> największym żyjącym detektywem.
>
> *Zagadka Błękitnego Ekspresu*

Od 2020 roku obchodzimy stulecie debiutu Christie, jesienią 1920 roku ukazała się bowiem *Tajemnicza historia w Styles*, gdzie po raz pierwszy czytelnicy mieli okazję zobaczyć w akcji Herkulesa Poirot – poznać jego ikoniczną osobowość, intrygujące metody pracy i ekscentryczny sposób bycia.

Z okazji jubileuszu wydaliśmy zbiór dziesięciu najlepszych kryminałów z detektywem wszech czasów w roli głównej w nowych, stylizowanych na klasyczne, luksusowych okładkach. Każdy z tych dziesięciu tomów opatrzyła posłowiem prof. Anna Gemra, która spuściznę Agathy Christie zna jak mało kto.

Pięć tytułów wybraliśmy w porozumieniu z ekspertami, a pięć kolejnych wskazaliście Wy, czytelnicy biorący udział w plebiscycie, który nie po raz pierwszy udowodnił, że Herkules Poirot rozpala emocje kolejnych pokoleń, a kryminały Christie są ponadczasowymi bestsellerami.

W skład luksusowego zbioru weszły absolutne klasyki światowego kryminału, które każdy szanujący się fan tego gatunku powinien mieć w swojej domowej biblioteczce:

- *A.B.C.*
- *Dwanaście prac Herkulesa*
- *Kurtyna*

- *Morderstwo w Boże Narodzenie*
- *Morderstwo w Mezopotamii*
- *Morderstwo w Orient Expressie*
- *Pięć małych świnek*
- *Śmierć na Nilu*
- *Tajemnicza historia w Styles*
- *Zabójstwo Rogera Ackroyda.*

Pierwotnie zbiór miał liczyć dziesięć utworów z Herkulesem Poirot w roli głównej, jednak po setkach Waszych wiadomości, telefonów i komentarzy zdecydowaliśmy, że będzie ich więcej i że nie ograniczymy się jedynie do książek z „największym żyjącym detektywem". W serii pojawiły się również samodzielne powieści, zbiory opowiadań, a także utwory z panną Marple.

Razem z tytułem, który trzymacie w rękach, nasza jubileuszowa kolekcja liczy już kilkadziesiąt pozycji. Mamy w planach kolejne. Które jeszcze? Wiele zależy od Was. Dajcie znać, czego oczekujecie. Bezpośredni kontakt z czytelnikami jest dla nas bardzo ważny. Śledźcie nas na facebook.com/WydawnictwoDolnoslaskie/ oraz na Instagramie (@agathachristiepolska).

Wspólnie z Wami pragniemy świętować sto lat legendy Herkulesa Poirot i sto lat z królową kryminału. Życzymy Wam przyjemnej i satysfakcjonującej lektury.

Patryk Młynek
Wydawnictwo Dolnośląskie
Wrocław 2023

ROZDZIAŁ 1

Nieoczekiwany gość

Znam ludzi, którzy lubią przeprawę przez kanał La Manche: siedzą rozparci w fotelach na pokładzie, czekają, aż statek przybije do brzegu, i dopiero wówczas pakują się bez pośpiechu, by w końcu zejść na ląd. Mnie się to nigdy nie udaje. Ledwie wejdę na pokład, już mam wrażenie, że na ten krótki czas nie warto się tu rozsiadać. Bez końca przekładam walizki z miejsca na miejsce, a jeśli nawet zejdę do baru, to zjadam coś na chybcika w obawie, że statek niepostrzeżenie przybije do brzegu. Możliwe, że nabrałem tego zwyczaju w czasie wojny. Kiedy wracałem do kraju na krótki urlop, za wszelką cenę chciałem mieć miejsce przy samym wyjściu, żeby jak najszybciej zejść na ląd i nie stracić ani chwili z zaledwie kilku dni przepustki.

Było czerwcowe przedpołudnie. Stałem przy balustradzie, przyglądając się białym skałom Dover i pasażerom, którzy spokojnie siedzieli na krzesłach, nie okazując zainteresowania coraz bliższym ojczystym brzegiem. Oni byli w innej sytuacji niż ja. Większość z nich prawdopodobnie spędziła w Paryżu dwa dni wolne od pracy, podczas gdy ja przez półtora roku nie ruszałem się z rancza w Argentynie. Powodziło mi się dość dobrze. Oboje z żoną polubiliśmy nieskrępowane, leniwe życie w Ameryce Południowej, a jednak, patrząc na zbliżający się brzeg rodzinnej wyspy, czułem ściskanie w gardle.

Przed dwoma dniami wylądowałem we Francji, załatwiłem swoje sprawy i wreszcie mogłem wyruszyć do Londynu, by spędzić tam następnych kilka miesięcy. Miałem zamiar odwiedzić wszystkich przyjaciół. Najbardziej cieszyłem się na spotkanie z tym najbliższym – niewysokim mężczyzną o jajowatej głowie i zielonych oczach: Herkulesem Poirotem! Mój przyjazd będzie dla niego wielką niespodzianką. W ostatnim liście, wysłanym jeszcze z Argentyny, nie wspominałem o planowanej podróży. Zresztą na wyjazd zdecydowałem się nagle, z powodu pewnych trudności w interesach. Z rozbawieniem wyobrażałem sobie, jak przyjaciel ucieszy się i zdziwi na mój widok.

Wiedziałem, że powinienem zastać go w domu. Minęły już czasy, kiedy – prowadząc różne sprawy – jeździł po całej Anglii. Teraz był sławny i pracował nad wyjaśnieniem kilku tajemnic jednocześnie. Coraz bardziej przypominał detektywa konsultanta, na wzór lekarzy z Harley Street. Poirot zresztą zawsze szydził z popularnych wyobrażeń o śledczym często zmieniającym przebrania i skrupulatnie mierzącym każdy odcisk buta.

– Nie, mój przyjacielu – mawiał. – Zostawimy to Giraudowi i jego kolegom. Herkules Poirot ma swoje metody: porządek, metoda i małe szare komórki. Nie ruszając się z wygodnego fotela, widzimy rzeczy, które umknęły uwagi innych. Nie wyciągamy pochopnych wniosków jak Japp.

Nie, nie musiałem się obawiać, że nie zastanę Herkulesa Poirota w domu.

Zaraz po przyjeździe do Londynu zostawiłem bagaż w hotelu i szybko udałem się pod dobrze znany mi adres. Odżyły we mnie radosne wspomnienia. Przywitałem się z właścicielką mieszkania, które kiedyś wynajmowałem, i – przeskakując po dwa schodki – pobiegłem pod drzwi Poirota. Zapukałem.

– Proszę! – usłyszałem znajomy głos.

Wszedłem. Poirot trzymał w ręce małą walizkę. Na mój widok upuścił ją i z łoskotem wylądowała na podłodze.

– *Mon ami** Hastings! – zawołał. – *Mon ami* Hastings! Podbiegł z wyciągniętymi rękami i zamknął mnie w mocnym uścisku. Nasza rozmowa była chaotyczna i pozbawiona logiki: wykrzykniki, niecierpliwe pytania, niedokończone odpowiedzi, pozdrowienia od mojej żony, wyjaśnienia dotyczące mojej podróży – wszystko naraz.

– Zdaje się, że ktoś już zajął pokoje, które kiedyś wynajmowałem – powiedziałem, gdy trochę się uspokoiliśmy. – Chętnie zamieszkałbym z tobą.

Wyraz twarzy Poirota uległ nagłej zmianie.

– *Mon Dieu!*** Toż to *chance épouvantable****. Rozglądnij się po pokoju, przyjacielu.

Dopiero teraz się rozejrzałem. Przy ścianie stał olbrzymi staroświecki kufer. Obok niego ustawiono według wielkości kilka walizek. Bez trudu domyśliłem się, co to znaczy.

– Wyjeżdżasz?
– Tak.
– Dokąd?
– Do Ameryki Południowej.
– Co?
– Właśnie tak! Niewiarygodny zbieg okoliczności. Jadę do Rio. Codziennie sobie powtarzam: Nie, nie napiszę o tym w liście... A drogi Hastings zrobi na mój widok wielkie oczy.

---

* *Mon ami* (fr.) – Mój przyjaciel
** *Mon Dieu!* (fr.) – Mój Boże!
*** *chance épouvantable* (fr.) – tu: niewiarygodny zbieg okoliczności

– Kiedy wyjeżdżasz?

Poirot spojrzał na zegarek.

– Za godzinę.

– Zawsze mówiłeś, że nic nie jest w stanie zmusić cię do długiej podróży morskiej.

Poirot zamknął oczy i zadrżał.

– Nawet mi o tym nie wspominaj, przyjacielu. Mój lekarz zapewnia, że od tego się nie umiera... Tylko jeden raz. Rozumiesz? Ja przenigdy nie wrócę.

Popchnął mnie w kierunku krzesła.

– Usiądź! Opowiem ci, jak do tego doszło. Czy wiesz, kto jest najbogatszym człowiekiem na świecie? Kto jest bogatszy od Rockefellera? Abe Ryland.

– Amerykański król mydła?

– Tak. Skontaktował się ze mną jego sekretarz. W jednej z wielkich firm w Rio przeprowadzono podejrzane machinacje na wielką skalę. Poproszono mnie o zbadanie tej afery na miejscu. Odmówiłem. Powiedziałem, że jeśli poznam wszystkie fakty, przedstawię swoją opinię w tej sprawie, nie ruszając się z miejsca. Sekretarz wyznał, że nie jest w stanie zaspokoić mojej ciekawości. Wszystkie fakty zostaną mi przedstawione dopiero w Rio. Sprawa powinna była się na tym zakończyć. Stawianie warunków Herkulesowi Poirotowi uważam za impertynencję. Jednakże zaoferowana mi zapłata była tak niewiarygodnie wysoka, że pierwszy raz w życiu skusiły mnie pieniądze. Obiecano mi prawdziwą fortunę! Poza tym spodziewałem się spotkać w Ameryce Południowej ciebie, mój przyjacielu! Przez ostatnie półtora roku czułem się bardzo samotny. Pomyślałem sobie: czemu nie? Nieustanne rozwiązywanie problemów zaczęło mnie już męczyć. Zdobyłem wielką sławę. Dzięki zarobionym pieniądzom będę mógł osiąść gdzieś w pobliżu najlepszego przyjaciela.

Wzruszyły mnie te słowa świadczące o oddaniu Poirota.

– Zgodziłem się więc przyjąć postawione warunki – mówił dalej Poirot. – Za godzinę muszę wyjść z domu, żeby zdążyć na pociąg, który zawiezie mnie do portu. Drobna złośliwość losu, prawda? Muszę się jednak przyznać, Hastings, że gdyby nie pieniądze, pewnie nie zdecydowałbym się na tę podróż, gdyż ostatnio zacząłem śledztwo w pewnej sprawie. Powiedz mi, o czym myśli przeciętny człowiek, kiedy słyszy wyrażenie Wielka Czwórka?

– Zdaje mi się, że Wielka Czwórka podpisała traktat wersalski*. Jest też słynna wielka czwórka** świata filmowego. Istnieje jeszcze kilka mniej znanych organizacji noszących tę nazwę.

– Rozumiem – powiedział Poirot zamyślony. – Ja jednak spotkałem się z tym terminem w okolicznościach niepasujących do tego, o czym mówiłeś. Zdaje się, że Wielką Czwórką nazwano międzynarodowy gang przestępczy czy coś w tym rodzaju. Ale...

– Co? – spytałem, ponieważ Poirot się zawahał.

– Moim zdaniem to jest coś bardzo poważnego. No, my tu gadu-gadu, a ja muszę dokończyć pakowanie. Czas ucieka.

– Nie jedź – poprosiłem. – Przełóż rezerwację i popłyniemy jednym statkiem.

---

* Traktat wersalski – układ pokojowy kończący I wojnę światową podpisany w Paryżu w 1919 roku. Jego sygnatariuszami byli m.in. czterej przywódcy zwycięskich państw sprzymierzonych: premier Wielkiej Brytanii David Lloyd George, prezydent Stanów Zjednoczonych Thomas Woodrow Wilson, premier Francji Georges Clemenceau i premier Włoch Vittorio Emanuele Orlando (przyp. red.).

** Big Four – cztery największe amerykańskie wytwórnie filmowe: Universal, Paramount, Warner Bros. i Columbia (przyp. red.).

Poirot wstał i spojrzał na mnie z wyrzutem.
– Ach, ty nic nie rozumiesz! Dałem słowo, pojmujesz? Słowo Herkulesa Poirota! Teraz nic nie jest w stanie mnie powstrzymać. Chyba że w grę wchodziłoby czyjeś życie lub śmierć.
– Nie sądzę, by coś takiego mogło się zdarzyć. Chyba że pięć przed dwunastą otworzą się drzwi i wejdzie tu nieoczekiwany gość.

Powiedziałem to ze śmiechem, ale chwilę później obaj z Poirotem zamarliśmy bez ruchu. Z pokoju położonego w głębi mieszkania dobiegł nas dziwny hałas.
– Co to? – spytałem przestraszony.
– *Ma foi!** – zawołał Poirot. – Zdaje się, że mamy w sypialni niespodziewanego gościa.
– Jak to możliwe? Jedyne drzwi wejściowe do twojego mieszkania znajdują się w tym pokoju!
– Masz doskonałą pamięć, Hastings. Teraz wyciągnij z tego faktu wnioski.
– Okno! Czyżby włamywacz? Niełatwo się tu wspiąć. To raczej niemożliwe.

Wstałem i ruszyłem w stronę drzwi sypialni, ale stanąłem, słysząc, że z drugiej strony ktoś naciska klamkę.

Drzwi otworzyły się powoli. Stał w nich mężczyzna od stóp do głów pokryty kurzem i błotem. Twarz miał wymizerowaną. Przez chwilę patrzył na nas bez słowa, potem zachwiał się i upadł na podłogę. Poirot podbiegł do niego, ukląkł i powiedział do mnie:
– Brandy... Szybko!

Nalałem brandy i podałem przyjacielowi. Udało mu się wlać trochę alkoholu do ust nieznajomego. Przenieśliśmy

---

* *Ma foi!* (fr.) – tu: Wielkie nieba!

go na kanapę. Po kilku minutach otworzył oczy i potoczył wokół nieprzytomnym spojrzeniem.

– Czego pan chce? – spytał Poirot.

Mężczyzna rozchylił wargi i dziwnym, bezbarwnym głosem powiedział:

– Pan Herkules Poirot, Farraway Street czternaście.

– Tak, tak, to ja.

Obcy chyba nie zrozumiał. Powtórzył tym samym tonem:

– Pan Herkules Poirot, Farraway Street czternaście.

Poirot zadał mu jeszcze kilka pytań. Mężczyzna nie odpowiadał, tylko co jakiś czas powtarzał to samo zdanie. Poirot dał mi znak, żebym zadzwonił po lekarza.

– Wezwij doktora Ridgewaya.

Na szczęście doktor był w domu. Mieszkał przy sąsiedniej ulicy, więc kilka minut później był już u nas.

– Co się stało?

Poirot opowiedział o tajemniczej wizycie. Lekarz zbadał nieznajomego, nieświadomego, co się z nim dzieje.

– Hm... – mruknął wreszcie. – Dziwny przypadek.

– Zapalenie mózgu? – spytałem.

Doktor parsknął ze złością.

– Zapalenie mózgu! Zapalenie mózgu! Coś takiego w ogóle nie istnieje. Nowomodny wymysł! Nie. Ten człowiek przeżył jakiś wstrząs. Jest całkowicie pochłonięty jedną myślą: musi znaleźć pana Herkulesa Poirota z Farraway Street czternaście. Powtarza te słowa mechanicznie.

– Afazja? – spytałem z nadzieją.

Tym razem doktor okazał nieco mniejsze niezadowolenie. Nic nie powiedział, tylko dał nieznajomemu mężczyźnie kartkę i ołówek.

– Zobaczymy, co z tym zrobi – wyjaśnił.

Nieznajomy przez chwilę nic nie robił. Potem zaczął gorączkowo pisać, ale nagle przestał. Kartka i ołówek upadły na podłogę. Lekarz podniósł je, spojrzał na kartkę i pokręcił głową.

– Nic tu nie ma. Tylko cyfra cztery powtórzona kilkanaście razy, za każdym razem większa. Pewnie chciał zapisać numer domu: czternaście. Ciekawy przypadek. Bardzo ciekawy. Czy może go pan zatrzymać do wieczora? Teraz muszę iść do szpitala, ale wieczorem przyjdę i zajmę się nim.

Wyjaśniłem, że Poirot wyjeżdża, a ja obiecałem towarzyszyć mu do Southampton.

– Nie szkodzi. Możecie zostawić go samego. Nic mu się nie stanie. Jest skrajnie wyczerpany. Prawdopodobnie przez kilka godzin będzie spał. Proszę porozmawiać z gospodynią i poprosić, żeby zaglądała do niego co jakiś czas.

Po tych słowach doktor Ridgeway wyszedł. Poirot dokończył pakowania, co chwila spoglądając na zegarek.

– Czas nieubłaganie pędzi naprzód. Chodźmy, Hastings. Nie będziesz się tu nudził. To niezwykła tajemnica. Nieznajomy mężczyzna. Kim jest? *Sapristi!** Oddałbym dwa lata życia, żeby tylko odpłynąć jutro, a nie dzisiaj. Jest w tym coś ciekawego... niezwykle interesującego. Jednak wszystko wymaga czasu. Minie wiele dni, a może nawet miesięcy, zanim ten mężczyzna będzie w stanie powiedzieć, po co do nas przyszedł.

– Zrobię, co będę mógł – zapewniłem przyjaciela. – Spróbuję cię zastąpić.

– Oczywiście.

W głosie Poirota słychać było niepewność. Wziąłem do ręki kartkę zapisaną przez nieznajomego.

---

* *Sapristi!* (fr.) – Do licha!

– Gdybym chciał napisać książkę – powiedziałem – uwzględniłbym twoje najnowsze zainteresowania i dał jej tytuł *Tajemnica Wielkiej Czwórki*.

Mówiąc to, pokazałem palcem powtarzającą się na kartce cyfrę cztery.

Nagle podskoczyłem ze strachu. Nasz chory gość doszedł do siebie, usiadł i powiedział całkiem wyraźnie:

– Li Chang Yen.

Wyglądał jak człowiek wybity ze snu. Poirot gestem nakazał mi milczenie. Nieznajomy mówił głosem czystym, wysokim, miałem wrażenie, że cytuje słowa jakiegoś wykładu bądź raportu.

– Li Chang Yen jest mózgiem Wielkiej Czwórki. Wszystko kontroluje i wprawia w ruch. Z tego powodu nazwałem go Numerem Pierwszym. Numer Drugi rzadko jest wymieniany z nazwiska. Podpisuje się literą S przeciętą dwiema liniami, czyli symbolem dolara. Czasem używa też dwóch kresek i gwiazdy. Można się domyślać, że jest obywatelem Stanów Zjednoczonych i wywodzi się z zamożnych, wpływowych kręgów. Nie ma żadnych wątpliwości co do tego, iż Numer Trzeci jest kobietą narodowości francuskiej. Możliwe, że jest ona jedną z kusicielek półświatka, ale nie wiemy o niej nic pewnego. Numer Czwarty... – Głos mu zadrżał i nieznajomy umilkł.

Poirot pochylił się nad nim.

– Tak? – spytał niecierpliwie. – Co z Numerem Czwartym?

Na twarzy nieznajomego widać było coraz większe przerażenie.

– Niszczyciel – wymamrotał i głośno wciągnął powietrze. Próbował się zerwać, ale stracił przytomność.

– *Mon Dieu!* – szepnął Poirot. – Jednak miałem rację.

– Sądzisz...

– Zanieś go do mojego pokoju – przerwał mi. – Nie mam ani minuty do stracenia. Muszę zdążyć na pociąg, chociaż ucieszyłbym się, gdybym się spóźnił. Och, gdybym miał powód, żeby się spóźnić! Ale dałem słowo. Chodźmy, Hastings!

Zostawiliśmy tajemniczego gościa pod opieką pani Pearson, a sami pojechaliśmy na stację. Do pociągu wsiedliśmy w ostatniej chwili. Poirot na zmianę to milczał, to znów szybko mówił. Wyglądał przez okno i sprawiał wrażenie sennego. Nie słyszał, co do niego mówię. Potem nagle ożywiał się, wydawał mi rozmaite polecenia i wymuszał obietnicę, że codziennie będę wysyłał depesze.

Kiedy minęliśmy Woking, na dłuższą chwilę zapadła cisza. Pociąg nie zatrzymywał się nigdzie aż do Southampton. Teraz jednak nieoczekiwanie stanął na sygnale.

– Ach! *Sacré mille tonnerres!** – zawołał Poirot. – Byłem głupcem! Widzę to wyraźnie! Wszyscy święci zatrzymali ten pociąg! Wyskakuj, Hastings! No, wyskakuj, mówię! – W jednej chwili otworzył drzwi i zeskoczył na ziemię. – Rzuć walizki i skacz!

Zrobiłem, co mi kazał. Zdążyłem w ostatniej chwili. Ledwie dotknąłem stopami ziemi, pociąg ruszył.

– A teraz – powiedziałem zdenerwowany – może zechcesz mi wyjaśnić, co to ma znaczyć!

– To znaczy, przyjacielu, że dostrzegłem światło.

– Naprawdę wielce pouczające – stwierdziłem z przekąsem.

– Powinno ci to wiele wyjaśnić – odparł Poirot. – Obawiam się jednak, że nic nie rozumiesz. Jeśli weźmiesz dwie walizki, ja zabiorę resztę.

---

* *Sacré mille tonnerres!* (fr.) – Do stu piorunów!

ROZDZIAŁ 2

Człowiek z zakładu dla obłąkanych

Na szczęście pociąg zatrzymał się niedaleko stacji. Nie musieliśmy długo maszerować, ponieważ wkrótce dotarliśmy do warsztatu, gdzie udało nam się wynająć samochód. Nie minęło pół godziny, a my w zawrotnym tempie pędziliśmy do Londynu. Dopiero wtedy Poirot zdecydował się zaspokoić moją ciekawość.
– Nie rozumiesz? Przed chwilą ja też nie rozumiałem, ale miejsce i metodę wybrano z wielką znajomością rzeczy. Bali się mnie.
– Kto taki?
– Czwórka geniuszy, która połączyła swe siły, żeby działać niezgodnie z prawem. Chińczyk, Amerykanin, Francuzka i jeszcze ktoś... Proś Boga, żebyśmy zdążyli na czas, Hastings.
– Boisz się, że nasz gość jest w niebezpieczeństwie?
– Jestem tego pewien.
Pani Pearson przywitała nas w drzwiach. Zdziwiła się bardzo na widok Poirota, on jednak przerwał potok jej słów i spytał o gościa. To, co usłyszeliśmy, uspokoiło nas. Nikt nie wchodził do mieszkania, a tajemniczy mężczyzna nie ruszał się z miejsca.
Nieco spokojniejsi weszliśmy na górę. Poirot poszedł prosto do sypialni. Chwilę później zawołał mnie dziwnie nalegającym tonem.
– Hastings, on nie żyje – powiedział.
Mężczyzna leżał tam, gdzie go zostawiliśmy, ale był martwy. Pobiegłem wezwać lekarza. Wiedziałem, że Ridgeway

jeszcze nie wrócił, ale bez trudu znalazłem innego doktora i przyprowadziłem go na górę.

– Tak, rzeczywiście nie żyje. Biedak. Próbował pan zaprzyjaźnić się z jakimś włóczęgą?

– Można tak powiedzieć – zgodził się Poirot. – Co było przyczyną śmierci?

– Trudno powiedzieć. Możliwe, że miał wylew. Czy jest tu gaz?

– Nie, tylko prąd.

– Okna są otwarte. Powiedziałbym, że jest martwy od dwóch godzin. Zawiadomi pan policję?

Lekarz zrobił, co do niego należało, i wyszedł. Poirot zatelefonował w kilka miejsc. Na koniec, ku mojemu zdziwieniu, zadzwonił do swojego dobrego znajomego, inspektora Jappa, i zaprosił go do siebie.

Ledwie Poirot odłożył słuchawkę, przyszła pani Pearson. Oczy miała ze zdziwienia wielkie jak spodeczki.

– Przyszedł jakiś człowiek z zakładu dla obłąkanych, z Hanwell. Słyszał pan coś podobnego? Czy mam go wpuścić?

Gestem wyraziliśmy zgodę. Po chwili do pokoju wszedł wysoki, tęgi mężczyzna w mundurze.

– Dzień dobry panom – przywitał się wesoło. – Mam powody podejrzewać, że przebywa tu jeden z moich ptaszków. Uciekł nam wczoraj w nocy.

– Był tutaj – wyjaśnił spokojnie Poirot.

– Czyżby znowu uciekł? – spytał z troską dozorca.

– Nie żyje.

Mężczyzna nie wyglądał na zmartwionego, miałem nawet wrażenie, że jest zadowolony.

– Coś podobnego! Chociaż, tak jest chyba najlepiej.

– Czy on był niebezpieczny?

– Chce pan wiedzieć, czy mógłby zabić człowieka? Nie. Był zupełnie nieszkodliwy. Cierpiał na manię prześladowczą. Zamknęli go, bo wszędzie dopatrywał się działalności tajnych chińskich stowarzyszeń. Nasi pacjenci nie potrafią wymyślić nic oryginalnego.

Zadrżałem.

– Jak długo przebywał w zakładzie? – spytał Poirot.

– Od dwóch lat.

– Rozumiem. Czy nikomu nie przyszło do głowy, że ten człowiek może być normalny?

Dozorca zaśmiał się.

– Gdyby był normalny, nie zamykaliby go w zakładzie dla psychicznie chorych. Oni wszyscy twierdzą, że są zdrowi.

Poirot nie odpowiedział. Zaprowadził dozorcę do sypialni i pokazał mu ciało. Okazało się, że rzeczywiście jest to zbiegły pacjent.

– Tak, to on – powiedział nieporuszony dozorca. – Niezły dziwak, co? No, panowie, powinienem już iść i przygotować się do pogrzebu. Postaramy się jak najszybciej zabrać ciało. Jeśli będzie śledztwo, mogą poprosić pana o złożenie zeznań. Do widzenia panu.

Ukłonił się niezgrabnie i szurając nogami, wyszedł za drzwi.

Kilka minut później przyszedł Japp. Inspektor Scotland Yardu był, jak zawsze, wesoły i wytworny.

– Oto jestem, panie Poirot. Czym mogę służyć? Sądziłem, że miał pan dzisiaj odpłynąć, żeby zatrzymać się gdzieś na rafach koralowych.

– Drogi Japp, chciałbym wiedzieć, czy widział pan kiedyś tego człowieka.

Detektyw zaprowadził Jappa do sypialni. Inspektor ze zdziwieniem popatrzył na ciało leżące na łóżku.

– Chwileczkę... Mam wrażenie, że go znam... Szczycę się doskonałą pamięcią. Na miły Bóg, to Mayerling! Człowiek ze służb specjalnych, nie od nas. Kilka lat temu pojechał do Rosji i wszelki ślad po nim zaginął. Wszyscy byli przeświadczeni, że bolszewicy go wykończyli.

– Wszystko się zgadza – powiedział Poirot po wyjściu Jappa – wyjąwszy fakt, że człowiek ten umarł śmiercią naturalną.

Przez chwilę z grymasem niezadowolenia patrzył na nieruchomą postać. Nagły powiew wiatru poruszył firanką. Poirot spojrzał na nią z uwagą.

– Czy otworzyłeś okna, kiedy przeniosłeś go do sypialni? – spytał.

– Bynajmniej – odparłem. – Zdaje mi się, że były zamknięte.

Poirot gwałtownie uniósł głowę.

– Zamknięte? A teraz są otwarte. Co to może znaczyć?

– Ktoś tędy wszedł – stwierdziłem.

– Możliwe – zgodził się Poirot. Mówił jednak bez przekonania. Był zamyślony. Po chwili powiedział: – Nie o to mi chodziło, Hastings. Nie byłbym taki zdziwiony, gdyby tylko jedno okno było otwarte. Ale otwarte są obydwa. – Szybkim krokiem przeszedł do sypialni. – Okno w salonie również jest otwarte, a przecież było zamknięte, kiedy wychodziliśmy z domu. Ach! – Pochylił się nad zmarłym i obejrzał kąciki jego ust. Po chwili podniósł wzrok. – Hastings, on został zakneblowany i otruty.

– Wielkie nieba! – krzyknąłem zdziwiony. – Mam nadzieję, że sekcja zwłok wszystko wyjaśni!

– Lekarze nic nie znajdą. Zamordowano go, podstawiając mu pod nos stężony kwas pruski. Morderca przed wyjściem pootwierał wszystkie okna. Kwas cyjanowy bardzo szybko paruje, ale ma mocny zapach gorzkich migdałów. Jeśli nie będzie zapachu, lekarze dojdą do wniosku, że śmierć nastąpiła z przyczyn naturalnych. A więc ten człowiek pracował w służbach specjalnych... Pięć lat temu pojechał do Rosji i zniknął bez śladu.

– Ostatnie dwa lata spędził w zakładzie dla psychicznie chorych – przypomniałem. – Co mogło się z nim dziać przez pierwsze trzy lata?

Poirot pokręcił głową i złapał mnie za ramię.

– Zegar, Hastings, spójrz na zegar.

Odwróciłem głowę w stronę kominka. Zegar zatrzymał się o czwartej.

– *Mon ami*, ktoś przy nim manipulował. Ten zegar nakręca się raz na osiem dni, rozumiesz?

– Dlaczego ktoś miałby to robić? Czyżby chciał, abyśmy sądzili, że morderstwa dokonano o czwartej?

– Nie! Nie! Uporządkuj myśli, *mon ami*. Użyj małych szarych komórek. Jesteś Mayerlingiem. Słyszysz coś i wiesz, że zbliża się twój koniec. Masz tylko tyle czasu, żeby zostawić jakiś znak. Godzina czwarta, Hastings! Numer Czwarty, Niszczyciel. Ach! Cóż za pomysł!

Poirot pobiegł do drugiego pokoju i podniósł słuchawkę telefonu. Poprosił o połączenie z Hanwell.

– Czy to zakład dla psychicznie chorych? Słyszałem, że dzisiaj uciekł wam jeden z pacjentów. Co pani mówi? Chwileczkę, proszę zaczekać. Zechce pani powtórzyć? Ach! *Parfaitement**. – Odłożył słuchawkę i spojrzał na mnie. – Słyszałeś, Hastings? Nikt im nie uciekł.

– Ależ był tu ich człowiek... dozorca – przypomniałem.

– Zastanawiam się... Tak, poważnie się zastanawiam.

– Nad czym?

– Numer Czwarty, Niszczyciel.

Zaskoczony nie mogłem oderwać wzroku od przyjaciela. Dopiero po chwili odzyskałem głos.

---

* *Parfaitement* (fr.) – Doskonale

– Poznamy go bez trudności – powiedziałem. – To był człowiek o nietuzinkowym wyglądzie.

– Czy aby na pewno, *mon ami*? Nie sądzę. Był dobrze zbudowany, rubaszny, miał czerwoną twarz, sumiaste wąsy i chrapliwy głos. Jeśli go kiedyś zobaczymy, wszystko to się zmieni. Jeśli chodzi o resztę, to miał oczy nieokreślonego koloru, nie widzieliśmy jego uszu. Nawet zęby miał sztuczne. Nie tak łatwo rozpoznać człowieka. Następnym razem...

– Myślisz, że będzie następny raz? – spytałem.

Poirot stał się nagle bardzo poważny.

– To jest śmiertelny pojedynek, *mon ami*. My jesteśmy po jednej stronie, a Wielka Czwórka po drugiej. Nasz przeciwnik wygrał pierwszą rundę, ale nie udało mu się usunąć mnie z drogi. W przyszłości będą musieli się liczyć z Herkulesem Poirotem!

ROZDZIAŁ 3

Znowu Li Chang Yen

Po wizycie fałszywego dozorcy z zakładu dla obłąkanych przez kilka dni żyłem nadzieją, że on wróci. Ani na chwilę nie opuszczałem mieszkania. Nie sądziłem, by miał powód przypuszczać, że odkryliśmy oszustwo. Myślałem, że zechce wrócić i zabrać ciało, ale Poirot śmiał się ze mnie.

– *Mon ami* – powiedział – jeśli chcesz, możesz czekać w nadziei, że zalejesz naszemu ptaszkowi sadła za skórę, ale ja nie mam czasu do stracenia.

– W takim razie powiedz – nie dawałem za wygraną – po co w ogóle tu przychodził. Jego wizyta ma jakiś sens, jeśli zamierza wrócić po ciało, żeby się pozbyć obciążającego dowodu. Inaczej nie rozumiem, co chciał przez to osiągnąć.

Poirot wymownie wzruszył ramionami.

– Nie umiesz wczuć się w sytuację Numeru Czwartego, Hastings – odrzekł. – Mówisz o dowodach! Powiedz mi, jakie dowody mamy przeciw niemu? Są wprawdzie zwłoki, ale nikogo nie będziemy w stanie przekonać, że nasz gość został zamordowany. Kwas pruski nie zostawia śladów. Nikt nie widział obcego człowieka wchodzącego do mojego mieszkania podczas naszej nieobecności. Nie wiemy też nic o ostatnich przygodach naszego przyjaciela Mayerlinga... Nie, Hastings, Numer Czwarty nie zostawił żadnych śladów i sam wie o tym najlepiej. Można powiedzieć, że przyszedł tu na rekonesans. Może chciał się upewnić, czy Mayerling rzeczywiście nie żyje? Moim zdaniem odwiedził nas przede wszystkim po to, żeby zobaczyć Herkulesa Poirota i porozmawiać z przeciwnikiem, który budzi w nim lęk.

Rozumowanie Poirota było, jak zwykle, bardzo egocentryczne, ale nie chciałem się z nim sprzeczać.

– A co z rozprawą sądową? – spytałem. – Mam nadzieję, że ujawnisz wszystkie szczegóły i podasz policji rysopis Numeru Czwartego.

– A to w jakim celu? Czy mamy do powiedzenia coś, co zrobi wrażenie na prawdziwym Brytyjczyku, jakim z pewnością jest koroner? Nie. Pozwolimy uznać śmierć Mayerlinga za dzieło przypadku. Możliwe, chociaż nie mam na to wielkiej nadziei, że nasz morderca pomyśli, iż odniósł zwycięstwo i pokonał Herkulesa Poirota w pierwszej rundzie.

Jak zwykle miał rację. Pracownik szpitala więcej się nie pokazał. Byłem na rozprawie i zeznawałem przed koronerem. Poirot się nie pojawił. Sprawa śmierci tajemniczego gościa nie wzbudziła większego zainteresowania.

Poirot, planując wyjazd do Ameryki Południowej, załatwił wszystkie swoje sprawy jeszcze przed moim przyjazdem i nie prowadził akurat żadnego śledztwa. Większość czasu spędzał w mieszkaniu, ale niewiele mogłem się od niego dowiedzieć. Siedział nieruchomo w fotelu i nie odpowiadał na próby nawiązania rozmowy.

Pewnego dnia, mniej więcej tydzień po morderstwie, powiedział, że wybiera się gdzieś, i spytał, czy miałbym ochotę mu towarzyszyć. Ucieszyło mnie to. Moim zdaniem popełniał duży błąd, rezygnując z wszelkiej pomocy. Chciałem skorzystać z okazji i omówić z nim problem Wielkiej Czwórki, ale Poirot nie był w nastroju do rozmowy. Nie odpowiadał nawet, gdy pytałem go, dokąd idziemy.

Poirot lubił być tajemniczy. Do ostatniej chwili nie chciał zdradzić posiadanych informacji. Jechaliśmy autobusem i dwoma tramwajami, aż znaleźliśmy się w ponurej południowej części Londynu. Dopiero wówczas mój przyjaciel zgodził się wyjawić mi swoje zamiary.

– Jedziemy, Hastings, na spotkanie z jedynym człowiekiem w tym kraju, który zna życie podziemia w Chinach.

– Coś podobnego! Któż to taki?

– Człowiek, o którym nigdy nie słyszałeś. Pan John Ingles. Jest emerytowanym urzędnikiem państwowym o przeciętnej inteligencji i właścicielem domu pełnego chińskich osobliwości, które ma zamiar ofiarować przyjaciołom i znajomym. Ci, którzy znają się na rzeczy, zapewniają mnie, że jedynym człowiekiem, który może udzielić mi potrzebnych informacji, jest John Ingles.

Kilka minut później staliśmy już na schodach rezydencji Pod Wawrzynami. Rozglądałem się po ogrodzie, ale nigdzie nie dostrzegłem żadnego krzewu wawrzynu, doszedłem więc do wniosku, że dom – podobnie jak wiele innych na obrzeżach stolicy – nosi nazwę zupełnie dla niego niestosowną.

Drzwi otworzył Chińczyk o nieruchomej twarzy. Wpuścił nas do środka i zaprowadził do gospodarza. Pan Ingles okazał się dość korpulentnym mężczyzną o żółtawej cerze i zapadniętych oczach, w których dostrzegłem dziwną głębię.

– Zechcą panowie usiąść? Hasley pisze, że poszukuje pan pewnych informacji i że mogę okazać się pomocny – powiedział, wskazując leżący na stoliku list.

– Rzeczywiście. Chciałbym wiedzieć, czy słyszał pan o Li Chang Yenie.

– To dziwne... bardzo dziwne. Gdzie pan słyszał o tym człowieku?

– A więc zna go pan?
– Widziałem go jeden raz. Wiem o nim co nieco, ale nie tyle, ile bym chciał. Jestem zdziwiony, że tu, w Anglii, znalazł się ktoś jeszcze, kto o nim słyszał. Yen jest wielkim człowiekiem, mandarynem, wie pan. Ale nie to jest najważniejsze. Można sądzić, że to on stoi za tym wszystkim.
– Za czym?
– Za wszystkim. Za brakiem pokoju na świecie, za buntami robotników w różnych krajach i rewolucjami, które wybuchają to tu, to tam. Są ludzie, a nie nazwałbym ich panikarzami, którzy wierzą, że tym wszystkim kieruje tajemnicza siła mająca na celu zniszczenie naszej cywilizacji. Wie pan, że pewne fakty pozwalają przypuszczać, iż Lenin i Trocki wykonywali w Rosji czyjąś wolę. Nie mogę przedstawić żadnego dowodu, jestem jednak przekonany, że tym kimś jest Li Chang Yen.
– Czy aby nie posuwa się pan w swoich domysłach za daleko? – zaprotestowałem. – Jak Chińczyk miałby decydować o tym, co dzieje się w Rosji?
Poirot rzucił mi spojrzenie pełne irytacji.
– Dla ciebie, Hastings – powiedział – wszystko, co nie zrodziło się w twojej głowie, jest przesadą. Ja byłbym skłonny zgodzić się z naszym gospodarzem. Proszę mówić dalej.
– Nie wiem, jakich korzyści spodziewa się po tym Li Chang Yen – kontynuował pan Ingles. – Sądzę jednak, że dotknęła go choroba, która często gościła w umysłach wielkich ludzi, od Akbara przez Aleksandra Wielkiego do Napoleona, czyli żądza władzy i panowania nad światem. Dotąd podbojów dokonywano przy wykorzystaniu armii, lecz w naszym niespokojnym wieku ludzie tacy jak Li Chang Yen dysponują innymi środkami. Mogę udo-

wodnić, że Yen przeznacza olbrzymie pieniądze na łapówki i propagandę. Pewne fakty wskazują na to, że posiadł tajemnicę jakiegoś naukowego odkrycia dającego mu do dyspozycji moc, o jakiej światu się nawet nie śniło.

Poirot z wielką uwagą słuchał słów pana Inglesa.

– A w Chinach? – spytał. – Czy tam również działa Li Chang Yen?

Gospodarz kiwnął głową.

– Nie zdobyłem na to dowodów, które mogłyby przekonać niedowiarków, ale mam osobiste doświadczenie. Znam wszystkich, którzy coś w Chinach znaczą, i mogę panu powiedzieć jedno: ci, którzy znajdują się dzisiaj na świeczniku, to ludzie pozbawieni indywidualności, marionetki poruszane sznurkami zbiegającymi się w ręku mistrza Li Chang Yena. To on sprawuje kontrolę nad wszystkim, co dzieje się na Wschodzie. My nie potrafimy zrozumieć Wschodu i nigdy nam się to nie uda. Za wszystkim kryje się Li Chang Yen. Muszę jednak przyznać, że stara się pozostawać w cieniu. Nigdy nie opuszcza swojego pałacu w Pekinie. Stamtąd pociąga za sznurki, dając sygnał do rozpoczęcia różnych akcji, często w bardzo odległych zakątkach świata.

– Nie ma nikogo, kto mógłby mu się przeciwstawić?

Pan Ingles pochylił się ku nam.

– W ciągu czterech lat czworo ludzi próbowało tego dokonać – odparł. – Były to osoby interesujące, uczciwe i mądre. Każda z nich miała szansę na osiągnięcie celu.

Pan Ingles zamilkł.

– I co? – spytałem.

– Dzisiaj wszyscy nie żyją. Jeden z nich napisał artykuł o zamieszkach w Pekinie i wymienił nazwisko Li Chang Yena. Dwa dni później został zasztyletowany na ulicy. Mordercy nie złapano. Pozostali popełnili podobny błąd. W wykładzie, artykule prasowym czy rozmowie powiązali nazwisko Li Chang Yena z zamieszkami i rewolucją. Najpóźniej tydzień po takiej wypowiedzi ginęli. Jeden został otruty, drugi zmarł na cholerę, a był to jedyny przypadek tej choroby, w tamtym rejonie nie było żadnej epidemii. Trzeciego znaleziono w jego własnym łóżku. Nigdy nie wyjaśniono tajemnicy jego śmierci, ale lekarz, który widział zwłoki, powiedział mi, że były spalone i pomarszczone, jakby przez ciało przepłynął prąd o wysokim napięciu.

– A Li Chang Yen? – spytał Poirot. – Niczego mu nie można udowodnić? Przecież muszą istnieć ślady prowadzące do niego.

Pan Ingles wzruszył ramionami.

– Oczywiście, są ślady. Raz udało mi się znaleźć człowieka, który zaczął mówić. Był to zdolny chiński chemik, protegowany Li Chang Yena. Kiedy do mnie przyszedł, znajdował się na skraju załamania nerwowego. Wspominał coś o eksperymentach, do których zmuszano go w pałacu Li Chang Yena. Mandaryn osobiście nadzorował pracę laboratorium. Badania przeprowadzano na kulisach*. Nie liczono się z życiem ani cierpieniem ludzkim. Młody chemik był załamany i przerażony. Zrobiło mi się go żal. Zatrzymałem go u siebie. Położył się w pokoju na piętrze. Rozmowę postanowiliśmy odłożyć na następny dzień. Było to bardzo nierozsądne.

– Jak go dopadli? – zainteresował się Poirot.

– Tego nigdy się nie dowiem. Obudziłem się w nocy. Mój dom stał w płomieniach. Miałem szczęście, że uszedłem z życiem. Późniejsze dochodzenie wykazało, że na piętrze wybuchł pożar. Z ciała młodego chemika został

---

* Kulis – w Azji: najgorzej płatny robotnik, najczęściej tragarz (przyp. red.).

tylko popiół. – Pan Ingles mówił z zapałem człowieka, który dosiadł swojego ulubionego konika. Chyba uświadomił to sobie, bo roześmiał się i dodał ze skruchą: – Muszę jednak przyznać, że nie mam na to żadnych dowodów. Powiecie pewnie to samo, co wszyscy: że mam bzika.

– Wręcz przeciwnie – odparł spokojnie Poirot. – Mamy powody, żeby panu wierzyć. Nas również bardzo interesuje Li Chang Yen.

– Bardzo dziwne, że pan o nim słyszał. Myślałem, że jestem jedynym człowiekiem w Anglii, który zna to nazwisko. Chciałbym wiedzieć, gdzie pan o nim usłyszał... jeśli to nie jest tajemnicą.

– Bynajmniej. W moim pokoju schronił się pewien człowiek. Był w szoku, ale to, co zdołał powiedzieć, wystarczyło, żeby obudzić w nas zainteresowanie Li Chang Yenem. Mówił o czwórce ludzi, o Wielkiej Czwórce, o organizacji, jakiej świat jeszcze nie widział. Numerem Pierwszym jest Li Chang Yen, Numerem Drugim nieznany Amerykanin, Numerem Trzecim nieznana Francuzka, Numer Czwarty można by nazwać organem wykonawczym tej organizacji. On jest niszczycielem. Człowiek, który mi o tym wszystkim opowiedział, już nie żyje. Proszę powiedzieć, czy nazwa Wielka Czwórka jest panu znana?

– Nigdy nie wspominano o powiązaniach Li Chang Yena z taką grupą. Nie, niestety, nic o tym nie wiem. Ale ostatnio słyszałem tę nazwę albo czytałem gdzieś... w związku z czymś niezwykłym. Ach, już wiem!

Wstał i podszedł do inkrustowanego biurka. Nawet ja zauważyłem, że mebel jest wyjątkowo piękny. Pan Ingles wrócił z jakimś listem w ręce.

– Proszę. To od starego marynarza, którego poznałem kiedyś w Szanghaju. Widocznie staremu rozpustnikowi pomieszało się w głowie z nadmiaru alkoholu.

Ingles przeczytał na głos:

Szanowny Panie!
Możliwe, że Pan mnie nie pamięta, ale kiedyś w Szanghaju wyświadczył mi Pan przysługę. Teraz znów proszę o pomoc. Potrzebuję pieniędzy na wyjazd z kraju. Mam nadzieję, że dobrze się ukryłem, ale wcześniej czy później i tak mnie znajdą. Chodzi mi o Wielką Czwórkę. To sprawa życia i śmierci. Nie narzekam na brak środków, ale nie mogę się do nich dostać, bobym się zdradził. Proszę mi przysłać dwieście dolarów. Przysięgam, że wszystko zwrócę.
Pański sługa
Jonathan Whalley

– Wysłane z Granitowego Domu w Hoppaton, Dartmoor. Niestety, nie uwierzyłem staremu. Pomyślałem, że chce wyłudzić trochę pieniędzy, a ja nie jestem człowiekiem zbyt zamożnym. Proszę, jeśli to może się panu do czegoś przydać... – powiedział i podał list Poirotowi.
– *Je vous remercie, monsieur*[*]. Wyruszam do Hoppaton *tout à l'heure*[**].
– Ach, to bardzo interesujące. Czy mógłbym z panem pojechać? Nie miałby pan nic przeciwko temu?
– Pańskie towarzystwo sprawi mi wielką przyjemność, musimy jednak wyruszyć bezzwłocznie. Zanim dotrzemy do Dartmoor, będzie wieczór.
Kilka minut później John Ingles był gotowy. Wkrótce siedzieliśmy w pociągu odjeżdżającym ze stacji Paddington do West Country.

---

[*] *Je vous remercie, monsieur* (fr.) – Dziękuję panu
[**] *tout à l'heure* (fr.) – natychmiast

Hoppaton był małą mieściną przycupniętą na skraju wrzosowiska. Z pociągu należało wysiąść w Moretonhampstead, skąd pozostawało do przebycia jeszcze czternaście kilometrów. Do Hoppaton dotarliśmy około ósmej wieczorem. O tej porze w czerwcu było jeszcze widno.

Główna uliczka mieściny była cicha i wąska. Zatrzymaliśmy się, żeby spytać starego wieśniaka o drogę.

– Granitowy Dom? – powtórzył staruszek z namysłem.
– Panowie do Granitowego Domu, tak?

Zapewniliśmy go, że tak. Staruszek pokazał na małą szarą chałupę przy końcu ulicy.

– Ano, to jest Granitowy Dom. Szukacie inspektora?
– Jakiego inspektora? – spytał zniecierpliwiony Poirot.
– Co pan ma na myśli?
– Nie słyszeliście o morderstwie? Całe miasto tylko o tym mówi. Ponoć wszędzie było pełno krwi.

– *Mon Dieu!* – rzekł półgłosem Poirot. – Muszę natychmiast zobaczyć się z tym waszym inspektorem.

Pięć minut później konferowaliśmy już z inspektorem Meadowsem. Na początku był nieufny, ale zmienił zdanie, kiedy usłyszał nazwisko inspektora Jappa ze Scotland Yardu.

– Tak jest, zamordowano go dzisiaj rano. Straszna sprawa. Zadzwonili do Moreton i natychmiast tam poszedłem. Na początku wyglądało mi to podejrzanie. Starszy pan, który miał koło siedemdziesiątki i często zaglądał do kieliszka, leżał na podłodze w salonie. Miał ranę na czole i gardło poderżnięte od ucha do ucha. Kobieta, która u niego gotowała, Betsy Andrews, powiedziała, że jej pan miał kilka małych chińskich figurek z jaspisu i to ponoć bardzo cennych. Można by więc sądzić, że to morderstwo na tle rabunkowym, gdyby nie pojawiły się nowe trudności. Starszy pan miał dwoje służby: Betsy Andrews, kobietę z Hoppaton, i gburowatego służącego Roberta Granta. Grant, jak co dzień, poszedł na farmę po mleko, a Betsy wyszła z domu, żeby poplotkować z sąsiadką. Nie było jej zaledwie dwadzieścia minut, między dziesiątą a dziesiątą dwadzieścia. W tym czasie dokonano morderstwa. Grant pierwszy wrócił do domu. Wszedł tylnymi drzwiami. Nie były zamknięte na klucz, za dnia nikt u nas nie zamyka drzwi. Wstawił mleko do spiżarni i poszedł do swojego pokoju, gdzie czytał gazetę i palił papierosa. Nie zauważył nic niezwykłego, tak przynajmniej twierdzi. Potem wróciła Betsy. Weszła do salonu, zobaczyła, co się stało, i wrzasnęła tak, że zmarłego by obudziła. Dotąd wszystko się zgadza. Ktoś wszedł do domu pod nieobecność służących i sprzątnął biedaka. Musiał to być człowiek o żelaznych nerwach, przyszedł spokojnie uliczką albo wkradł się przez czyjeś podwórko. Niech panowie sami zobaczą: Granitowy Dom ze wszystkich stron otaczają budynki. Czy to możliwe, żeby nikt nie zauważył obcego? – Tym retorycznym pytaniem inspektor zakończył swoją przemowę.

– Tak, rozumiem pana – powiedział Poirot. – Proszę mówić dalej.

– Pomyślałem, że to podejrzane, i zacząłem się rozglądać po salonie. Chodziło mi o te jaspisowe figurki. Skąd byle przybłęda miałby wiedzieć, że są coś warte? Zresztą, tak czy owak, porwanie się na coś podobnego w biały dzień to czyste szaleństwo. A gdyby staruszek zaczął krzyczeć?

– Przypuszczam, inspektorze – zauważył pan Ingles – że rana na czole powstała przed śmiercią.

– Ma pan rację. Morderca najpierw go ogłuszył, a potem zabił. To oczywiste. Ale skąd, do diabła, ten człowiek przyszedł? I gdzie się podział? W takiej dziurze jak ta każdy obcy przyciąga uwagę. Przyszło mi do głowy, że nie było tu żadnego obcego. Rozejrzałem się po domu. Wczoraj wieczorem padało. Znalazłem wyraźne ślady butów: ktoś wszedł do kuchni i wyszedł z niej. W salonie były ślady dwóch osób: pana Whalleya i jakiegoś innego mężczyzny. Betsy nie wchodziła do pokoju, stanęła tylko na progu. Ten drugi mężczyzna wdepnął w kałużę krwi i zostawił cholerne ślady... Bardzo przepraszam.

– Nie szkodzi – rzekł pan Ingles, uśmiechając się nieznacznie.

– Ślady prowadziły do kuchni i tam się urywały. Na futrynie drzwi pokoju Roberta Granta znalazłem niewielką plamkę krwi. To drugi ślad. Wziąłem buty Granta, które ten zdjął, zanim poszedł do siebie, i przyłożyłem je do krwawych śladów na podłodze. Pasowały jak ulał. Wszystko się wyjaśniło. Morderstwo popełnił domownik. Aresztowałem Granta. Jak panowie myślą, co znalazłem u niego w walizce? Małe jaspisowe figurki i zwolnienie z więzienia. Robert Grant nazywa się Abraham Biggs. Pięć lat temu został skazany za oszustwo i włamanie. – Inspektor popatrzył na nas zadowolony. – Co panowie o tym sądzą?

– Zdaje się – zaczął Poirot – że sprawa jest prosta. Ten Biggs czy Grant to zapewne zupełnie prymitywny człowiek, prawda?

– Ależ tak. To mężczyzna nieokrzesany, niewyróżniający się niczym szczególnym.

– Najwyraźniej nie przeczytał w swoim życiu żadnego kryminału! Cóż, inspektorze, muszę panu pogratulować. Czy mógłbym zobaczyć miejsce zbrodni?

– W tej chwili panów tam zaprowadzę. Chciałbym pokazać ślady butów.

– Ja również chętnie je zobaczę. Tak, tak, to bardzo interesujące i pomysłowe.

Pan Ingles poszedł przodem z inspektorem. Ja ociągałem się nieco. Chciałem porozmawiać z Poirotem tak, żeby inspektor nas nie słyszał.

– Co ty o tym myślisz, Poirot? Czy coś się za tym wszystkim kryje?

– Sam zadaję sobie to pytanie, *mon ami*. Whalley w swoim liście wyraźnie stwierdził, że Wielka Czwórka depcze mu po piętach. My dwaj wiemy, że Wielka Czwórka nie jest bajkowym potworem, którym straszy się dzieci. A jednak wszystko wskazuje na to, że zabójcą jest Grant. Dlaczego to zrobił? Żeby zagarnąć małe jaspisowe figurki? A może jest wysłannikiem Wielkiej Czwórki? Przyznaję, że ta druga możliwość wydaje mi się bardziej prawdopodobna. Człowiek niewykształcony nie potrafiłby docenić wartości jaspisu i nie zabijałby dla tak marnego łupu. To, *par exemple**, powinno zastanowić inspektora. Służący mógł ukraść figurki i uciec. Nie miał powodu dopuszczać się brutalnego zabójstwa. Cóż, obawiam się, że nasz przyjaciel z Devonshire nie używał swoich małych szarych komórek. Skoncentrował się na mierzeniu śladów i nie wystarczyło mu czasu na myślenie, na metodyczne uporządkowanie myśli.

---

* *par exemple* (fr.) – na przykład

ROZDZIAŁ 4

Jagnięcy udziec

Inspektor wyjął z kieszeni klucz i otworzył drzwi Granitowego Domu. Dzień był pogodny i suchy, więc nie musieliśmy się obawiać, że zostawimy jakieś ślady na podłodze. Na wszelki wypadek przed wejściem starannie wytarliśmy buty.

Z mroku wyszła jakaś kobieta i powiedziała coś do inspektora. Ten się cofnął. Przed odejściem powiedział jeszcze:

– Niech się pan tu rozejrzy, panie Poirot. Wrócę za dziesięć minut. Zapomniałbym, to but Granta. Przyniosłem go, żeby pan mógł porównać ślady.

Weszliśmy do salonu. Odgłos kroków inspektora zaczął powoli cichnąć w oddali. Uwagę Inglesa przykuły chińskie osobliwości ustawione na małym stoliku w kącie. Brał je po kolei do rąk i przyglądał im się z bliska. Przestał interesować się Poirotem. Ja natomiast nie spuszczałem oka z przyjaciela.

Poirot się rozejrzał. Podłogę pokoju pokrywało ciemnozielone linoleum, na którym wszystkie ślady były doskonale widoczne. W drugim końcu pokoju znajdowały się drzwi prowadzące do kuchni. Z kuchni można było przejść do spiżarni (dopiero stamtąd wychodziło się na podwórko) i do pokoju Roberta Granta. Poirot obejrzał te pomieszczenia i zaczął mówić:

– Tutaj leżało ciało, tu, gdzie widzisz tę wielką ciemną plamę i mniejsze plamki krwi, które trysnęły na boki.

Widać ślady miękkich kapci i butów numer dziewięć, te ostatnie są niewyraźne. Dwa tropy prowadzą do kuchni i z powrotem. Tędy wszedł morderca. Masz ten but, Hastings? Daj mi go.

Z wielką uwagą Poirot dopasował but do śladów.

– Tak, te ślady zostawił jeden człowiek: Robert Grant. Wszedł tędy, zabił staruszka i wrócił do kuchni. Wdepnął w krew. Widzisz ślady z krwawymi plamami? Zrobił je, wychodząc. W kuchni nic nie widać. Chyba wszyscy mieszkańcy miasteczka tędy przeszli. Grant poszedł do swojego pokoju... Nie, najpierw wrócił na miejsce zbrodni. Czyżby po jaspisowe figurki? A może chciał zabrać coś, co mogło świadczyć przeciwko niemu?

– Może dopiero za drugim razem zabił staruszka? – podsunąłem.

– *Mais non**, popatrz uważniej. Na jednym z poplamionych krwią śladów prowadzących do kuchni widnieje drugi, powrotny. Zastanawiam się, po co on wrócił. Po jaspisowe figurki? Przypomniał sobie o nich, kiedy było już po wszystkim? To dziwne i głupie.

– Zostawił mnóstwo śladów.

– *N'est-ce pas?*** Powiadam ci, Hastings, to sprzeczne ze zdrowym rozsądkiem. Moje małe szare komórki nie mogą się z tym pogodzić. Chodź, zobaczymy jego pokój. Tak – zauważył Poirot – rzeczywiście na progu widać ślad krwi i krwawy odcisk buta. Obok ciała nie było innych śladów oprócz zostawionych przez Roberta Granta. Służący był jedynym człowiekiem, który wszedł do domu. Tak, muszę się pogodzić z faktami.

---

* *Mais non* (fr.) – Ależ nie
** *N'est-ce pas?* (fr.) – Nieprawdaż?

– A kucharka? – spytałem nagle. – Po wyjściu Granta została w domu sama. Mogła zabić pracodawcę i wyjść na ulicę. Nie zostawiła śladów stóp, ponieważ nie wychodziła z domu.

– Doskonale, Hastings. Byłem ciekaw, czy taka hipoteza przyjdzie ci do głowy. Myślałem już o tym, ale odrzuciłem taką wersję wydarzeń. Betsy Andrews jest miejscowa i wszyscy wszystko o niej wiedzą. Niemożliwe, żeby współpracowała z Wielką Czwórką. Poza tym słyszeliśmy, że stary Whalley był silnym mężczyzną. Tego nie zrobiła kobieta.

– To przecież niemożliwe, żeby Wielka Czwórka zainstalowała na strychu jakiś piekielny wynalazek... Coś, co opuściło się automatycznie i podcięło gospodarzowi gardło, po czym znów uniosło się do góry.

– Jak drabina Jakubowa? Wiem, Hastings, że masz bujną wyobraźnię, proszę jednak, żebyś ją nieco pohamował.

Poczułem się urażony. Poirot kręcił się po domu, zaglądał do pokojów i szaf. Sprawiał wrażenie niezadowolonego. Nagle wykrzyknął z satysfakcją. Przypominał teraz podnieconego szpica. Podbiegłem do niego. Stał w drzwiach spiżarni z miną zwycięzcy. W ręce trzymał duży jagnięcy udziec.

– Drogi Poirot! – zawołałem. – O co chodzi? Czyżbyś oszalał?

– Popatrz na tę baraninę. Patrz uważnie!

Starałem się, ale nie widziałem nic niezwykłego. Był to zupełnie normalny jagnięcy udziec. Powiedziałem to, ale Poirot tylko spojrzał na mnie ze smutkiem.

– Nie widzisz tego... i tego...

Przy każdym „tego" dźgał palcem w udziec, odłupując kawałki lodu.

Przed chwilą Poirot oskarżył mnie, że mam zbyt bujną wyobraźnię, chociaż nie przyszedł mi do głowy pomysł aż tak szalony jak jego. Czyżby rzeczywiście wierzył, że kawałki lodu to kryształki jakiejś śmiertelnej trucizny? Tylko to mogłoby tłumaczyć jego ekscytację.

– To mrożone mięso – powiedziałem spokojnie. – Importowane z Nowej Zelandii.

Poirot przyglądał mi się przez chwilę, po czym wybuchnął śmiechem.

– Mój przyjaciel Hastings jest niezwykłym człowiekiem! Wie wszystko, dosłownie wszystko!

Po tych słowach rzucił jagnięcy udziec na talerz i wyszedł ze spiżarni. Wyjrzał przez okno.

– Nadchodzi nasz przyjaciel inspektor. To dobrze. Zobaczyłem już wszystko, co chciałem. – Zamyślony, zaczął pukać palcami w stół. Nagle spytał: – Jaki mamy dziś dzień, *mon ami*?

– Poniedziałek – odparłem zdziwiony. – Co...?
– Ach, poniedziałek. Niedobry dzień. To błąd, że zamordowano go w poniedziałek.

Poirot poszedł do salonu, popukał palcem w wiszące na ścianie lustro i rzucił okiem na termometr.

– Dwadzieścia cztery stopnie Celsjusza. Piękny letni dzień.

John Ingles przyglądał się z bliska chińskiej porcelanie.
– Nie interesuje pana śledztwo? – spytał Poirot.
Ingles się uśmiechnął.

– To nie moja sprawa. Znam się na pewnych rzeczach, ale w innych pozostaję ignorantem. Dlatego wolę trzymać się z boku. Na Wschodzie nauczyłem się cierpliwości.

Inspektor wpadł do pokoju jak burza. Przeprosił, że tak długo kazał na siebie czekać. Uparł się, że pokaże nam dom, ale już nic ciekawego nie znaleźliśmy.

– Jest pan bardzo uprzejmy, inspektorze – przyznał Poirot, kiedy wyszliśmy na ulicę. – Chcę jeszcze prosić o jedną przysługę.

– Pewnie zechce pan zobaczyć zwłoki?
– Ależ nie! Zwłoki mnie nie interesują. Chciałbym porozmawiać z Robertem Grantem.
– W tym celu musiałby pan pojechać ze mną do Moreton.
– Pojadę tam. Zależy mi na rozmowie w cztery oczy.
Inspektor przesunął palcem po górnej wardze.
– Nie wiem, czy mogę na to pozwolić.
– Zapewniam pana, że jeśli połączy się pan ze Scotland Yardem, dostanie pan pozwolenie.
– Słyszałem o panu i wiem, że wyświadczył nam pan niejedną przysługę. Ale to jest sprzeczne z przepisami.
– Niestety, to konieczne – oświadczył spokojnie Poirot.
– Grant nie jest mordercą.
– Nie? A więc kto?
– Morderca, jak sądzę, jest młodym mężczyzną. Zajechał przed Granitowy Dom dwukołowym wózkiem, który zostawił przed domem. Wszedł do środka, dokonał morderstwa, wyszedł i odjechał. Nie nosił czapki, a ubranie miał lekko poplamione krwią.
– Ależ całe miasteczko by go widziało!
– W danych okolicznościach raczej nie.
– Może i nie, gdyby było ciemno, ale zabójstwa dokonano w słoneczny dzień.
Poirot uśmiechnął się, nic jednak nie powiedział.
– Skąd pan wie o dwukołowym wózku? Od tego czasu ulicą przejechało mnóstwo pojazdów. Niemożliwe, żeby znalazł pan jakieś ślady.
– Nie znalazłem nic, co można zobaczyć oczyma ciała, ale wiele dostrzegłem oczyma wyobraźni.
Inspektor znacząco popukał się palcem w czoło i uśmiechnął do mnie. Ja również byłem zaskoczony, ale wierzyłem w Poirota.

Pojechaliśmy z inspektorem do Moreton. Po drodze milczeliśmy. Mnie i Poirotowi pozwolono na rozmowę z Grantem, ale w obecności konstabla. Poirot od razu przeszedł do rzeczy.

– Grant, wiem, że nie popełniliście tej zbrodni. Opowiedzcie mi, co się dzisiaj wydarzyło.

Więzień był mężczyzną średniego wzrostu. Miał niesympatyczną twarz i wygląd przestępcy.

– Jak mi Bóg miły, żem tego nie zrobił – powiedział płaczliwie. – Ktoś podrzucił te szklane figurki do mojej walizki. To wszystko zostało z góry ukartowane. Mówiłem już, że jakem wrócił, to poszłem prosto do siebie. O niczym nie wiedziałem, dopiero jak Betsy zaczęła krzyczeć.

– Jeśli nie powiecie prawdy, wychodzę.

– Ależ, szefie...

– Weszliście do salonu i zobaczyliście, że pan nie żyje. Chcieliście uciec, ale Betsy wcześniej narobiła hałasu.

Mężczyzna patrzył na Poirota, usta miał otwarte ze zdziwienia.

– No co, było tak? Mówię poważnie. Daję słowo honoru, że waszą jedyną szansą jest szczere przyznanie się do wszystkiego.

– Spróbuję – odpowiedział mężczyzna. – Było tak, jak pan mówi. Wróciłem do domu i poszłem do pana. Leżał na podłodze w kałuży krwi. Miałem cykora. Jak zaczną grzebać w moich papierach, będą przekonani, że to moja robota. Myślałem tylko o tym, żeby uciec, zanim wszystko się wyda.

– A jaspisowe figurki?

Mężczyzna się zawahał.

– Wie pan...

– Pewnie zabraliście je instynktownie? Słyszeliście, jak pan mówił, że są wartościowe, i postanowiliście pójść na całość? Rozumiem to. Powiedzcie mi, za którym razem wzięliście figurki?

– Wszedłem tam tylko raz. Nie miałem ochoty wracać.

– Jesteście tego pewni?

– Jak własnej matki.

– Dobrze. Kiedy wyszliście z więzienia?

– Dwa miesiące temu.

– Jak znaleźliście tę pracę?

– Przez Towarzystwo Pomocy Więźniom. Facet od nich czekał na mnie, kiedy wyszedłem.

– Jak wyglądał?

– Nie był pastorem, ale z wyglądu można było sobie tak pomyśleć. Miał czarny kapelusz i chodził drobnymi kroczkami. Miał wybity ząb z przodu. Nosił okulary. Nazywał się Saunders. Powiedział, że ma nadzieję, że żałuję tego, co zrobiłem, i że znalazł dla mnie pracę. Z jego polecenia przyjechałem do starego Whalleya.

Poirot wstał.

– Dziękuję wam. To wszystko. Czekajcie cierpliwie. – W drzwiach zatrzymał się jeszcze i spytał: – Saunders dał wam buty, prawda?

Grant miał bardzo zdziwioną minę.

– Rzeczywiście. Skąd pan o tym wie?

– Mój zawód wymaga, żebym wiedział wszystko – odparł z powagą Poirot.

Zamieniliśmy jeszcze kilka słów z inspektorem i poszliśmy do Białego Jelenia na jajecznicę na bekonie i cydr.

– Czy coś pan już wyjaśnił? – spytał Ingles z uśmiechem.

– Tak, teraz wszystko jest jasne. Chociaż trudno będzie to udowodnić. Whalley został zamordowany z polecenia Wielkiej Czwórki, ale nie zrobił tego Grant. Ktoś bardzo sprytny załatwił Grantowi posadę i zamierzał zrobić z niego kozła ofiarnego. W wypadku człowieka z więzienną przeszłością nie było to trudne. Ktoś dał Grantowi parę butów. Sam miał identyczne. To proste. Granta nie było w domu, a Betsy plotkowała ze znajomą, pewnie robiła to codziennie. Mężczyzna w takich samych butach zajechał przed dom, wszedł do kuchni, stamtąd do salonu, ogłuszył starca, a potem go zabił. Następnie wrócił do kuchni, zdjął buty, włożył inne i niosąc te pierwsze w ręce, wrócił do wózka i odjechał.

Ingles popatrzył na Poirota z uwagą.

– Czy aby powiedział nam pan wszystko? Dlaczego nikt nie widział tego mężczyzny?

– Ach! To dowód sprytu Numeru Czwartego. Wszyscy go widzieli, ale nikt go nie zauważył. Widzi pan, on przyjechał wózkiem rzeźnika.

Krzyknąłem ze zdumienia.

– Jagnięcy udziec?

– Otóż to, Hastings: jagnięcy udziec. Wszyscy przysięgali, że tego ranka w Granitowym Domu nie było gości, ale ja znalazłem w spiżarni zamrożony jagnięcy udziec. Mamy poniedziałek, więc mięso musiało zostać dostarczone rano. Przy takiej pogodzie rozmroziłoby się przez niedzielę, gdyby dostarczono je w sobotę. To znaczy, że w domu ktoś był, ktoś, kto miewa zakrwawione ubranie, nie budząc niczyjego zdziwienia.

– Diabelnie sprytne! – zawołał Ingles.

– Tak, Numer Czwarty jest bardzo pomysłowy.

– Równie pomysłowy jak Herkules Poirot? – szepnąłem.

Przyjaciel spojrzał na mnie z naganą.

– Są żarty, na które nie powinieneś sobie pozwalać, Hastings – rzekł z powagą. – Uratowałem niewinnego człowieka od szubienicy. Jak na jeden dzień to bardzo dużo.

ROZDZIAŁ 5

Zaginięcie uczonego

Jestem przekonany, że nawet po oczyszczeniu Roberta Granta *alias* Abrahama Biggsa z zarzutu o zamordowanie Jonathana Whalleya inspektor Meadows nadal miał wątpliwości. Oskarżenie przeciwko Grantowi, oparte na jego kryminalnej przeszłości oraz na takich poszlakach, jak kradzież jaspisowych figurek i posiadanie butów pasujących do pozostawionych śladów, było jak najbardziej uzasadnione i prostolinijny umysł inspektora nie chciał przyjąć innej wersji zdarzeń. Poirot, wbrew swoim zwyczajom, zeznawał przed sądem jako świadek. Znalazły się dwie osoby, które widziały wózek rzeźnika zajeżdżający tego dnia przed dom zamordowanego. Miejscowy rzeźnik stwierdził, że mięso do Granitowego Domu dostarczał w środy i piątki.

Znaleziono nawet kobietę, która widziała rzeźnika wychodzącego z domu ofiary, ale nie potrafiła podać dokładnego rysopisu. Pamiętała tylko, że mężczyzna był starannie ogolony, średniego wzrostu i wyglądał jak rzeźnik. Poirot, słuchając tego zeznania, wzruszał ramionami.

– Jest tak, jak mówiłem, Hastings – powiedział do mnie po wyjściu z sądu. – Ten człowiek jest artystą, nie musi się ukrywać za sztuczną brodą i okularami przeciwsłonecznymi. Zmienia wprawdzie rysy twarzy, ale to nie ma większego znaczenia. On na pewien czas staje się tym, kim chce być. Dla niego gra jest życiem.

Musiałem przyznać, że mężczyzna z Hanwell, który złożył nam wizytę, wyglądał dokładnie tak, jak sobie wyobrażamy dozorcę z zakładu dla psychicznie chorych. Ani przez chwilę nie podejrzewałem, że jest oszustem.

Byłem zniechęcony. Wyjazd do Dartmoor niewiele nam pomógł. Powiedziałem o tym Poirotowi, ale nie zgodził się ze mną.

– Posuwamy się do przodu – oświadczył. – Za każdym razem dowiadujemy się czegoś nowego o tym człowieku i o jego metodach działania. On zaś nie wie nic o nas ani o naszych planach.

– Daj spokój, przyjacielu – zaprotestowałem. – Ja też nie wiem nic o twoich planach. Siedzisz tutaj i czekasz na ruch przeciwnika.

Poirot się uśmiechnął.

– *Mon ami*, ty nigdy się nie zmienisz. Zawsze pozostaniesz tym samym Hastingsem, który skoczyłby im do gardeł. Możliwe – dodał, słysząc pukanie do drzwi – że będziesz miał ku temu okazję.

Do pokoju wszedł inspektor Japp z jakimś obcym mężczyzną. Poirot roześmiał się głośno, widząc zaskoczenie na mojej twarzy.

– Dobry wieczór panom – przywitał się inspektor. – Panowie pozwolą, że przedstawię kapitana Kenta z amerykańskiego wywiadu.

Kapitan Kent był wysokim, szczupłym Amerykaninem o nieruchomej, jakby wyciosanej z kamienia twarzy.

– Bardzo mi przyjemnie – mruknął, mocno ściskając moją dłoń.

Poirot dorzucił drew do kominka i przysunął krzesła. Ja przyniosłem szklanki i nalałem whisky z wodą sodową. Kapitan był zadowolony.

– Macie w tym kraju zdrowe prawodawstwo* – zauważył.

– Przejdźmy do tematu – zaproponował Japp. – Obecny tu pan Poirot prosił mnie o przysługę. Interesuje go pewna grupa znana jako Wielka Czwórka. Obiecałem panu Poirotowi, że dam mu znać, jeśli natknę się na tę nazwę w swojej pracy. Sprawa ta nie wydawała mi się ważna, ale nie zapomniałem o swojej obietnicy. Kiedy odwiedził mnie obecny tu kapitan i opowiedział niezwykłą historyjkę, pomyślałem sobie: pójdziemy z tym do pana Poirota.

Poirot spojrzał na kapitana Kenta. Reszty dowiedzieliśmy się od Amerykanina.

– Może pan czytał, panie Poirot, że zatonęło nam kilka okrętów torpedowych i niszczycieli? Później morze wyrzuciło je na skały amerykańskiego wybrzeża. Zdarzyło się to bezpośrednio po trzęsieniu ziemi w Japonii, toteż katastrofę uznano za skutek fali uderzeniowej. Niedawno jednak przeprowadzono rewizje w znanych policji melinach oszustów i rewolwerowców. W ten sposób władze weszły w posiadanie dokumentów rzucających na tamtą katastrofę całkiem nowe światło. Wymieniano w nich organizację o nazwie Wielka Czwórka i opisywano jakieś bezprzewodowe urządzenie pozwalające zgromadzić energię o niewyobrażalnej mocy. Może ono wyemitować promień o potężnej sile i skierować go na określony cel. Opis tego wynalazku wydał mi się zbyt fantastyczny, żeby mógł być prawdziwy, przekazałem go jednak zwierzchnikom, żeby zbadali, co może się za tym kryć. Sprawą zainteresował się któryś z naszych profesorów. Dowiaduję się teraz, że jeden z brytyjskich naukowców wygłosił w Brytyj-

---

* W tym czasie (1919–1933) w Stanach Zjednoczonych trwała prohibicja, która wprowadziła zakaz produkcji, transportu i sprzedaży alkoholu na terenie całego kraju (przyp. red.).

skim Towarzystwie Naukowym odczyt na ten sam temat. Jego koledzy uznali sprawę za niewartą funta kłaków, zbyt wydumaną i nierealną, ale wasz badacz był niewzruszony i oświadczył, że jest bliski owocnego sfinalizowania eksperymentów.

– *Eh bien?** – rzekł Poirot wyraźnie zainteresowany tematem.

– Zaproponowano mi, żebym odwiedził wasz kraj i porozmawiał z tym dżentelmenem. To młody człowiek, nazywa się Halliday. Ponieważ jest w swojej dziedzinie prawdziwym autorytetem, miałem prosić go o stwierdzenie, czy opisana w dokumentach rzecz jest możliwa do realizacji.

– Czego się pan dowiedział? – spytałem zniecierpliwiony.

– Niczego. Nie spotkałem się z panem Hallidayem i chyba nigdy do tego spotkania nie dojdzie.

– Prawda jest taka – wtrącił inspektor Japp – że Halliday zniknął.

– Kiedy?

– Dwa miesiące temu.

– Czy zaginięcie zostało zgłoszone na policji?

– Oczywiście. Odwiedziła nas jego żona. Była bardzo wzburzona. Robiliśmy, co w naszej mocy, chociaż od początku wiedziałem, że wszystko na nic.

– Dlaczego?

– Kiedy mężczyzna znika w taki sposób, sprawa jest jasna – powiedział Japp, puszczając figlarnie oczko.

– W jaki sposób?

– W Paryżu.

– To znaczy, że Halliday zniknął w Paryżu?

– Tak. Powiedział, że zamierza przeprowadzić tam jakieś badania. Musiał coś wymyślić. Sami jednak pano-

---

* *Eh bien?* (fr.) – tu: Ach tak?

wie wiedzą, co to znaczy, gdy mężczyzna znika w Paryżu. Albo zabiły go jakieś ciemne typy i sprawa skończona, albo zniknął z własnej woli, co, muszę panom powiedzieć, zdarza się bardzo często. Mężczyzna ma dość życia rodzinnego. Halliday przed wyjazdem posprzeczał się z żoną, co również rzuca na naszą sprawę trochę światła.

– Ciekawe... – rzekł zamyślony Poirot.

Amerykanin spojrzał na niego z zaciekawieniem.

– Niech mi pan powie – odezwał się ze swym niechlujnym amerykańskim akcentem – o co chodzi tej Wielkiej Czwórce?

– Wielka Czwórka – wyjaśnił Poirot – jest organizacją międzynarodową. Jej przywódcą jest Chińczyk. Nazywają go Numerem Pierwszym. Numer Drugi jest Amerykaninem. Numer Trzeci to Francuzka. Numer Czwarty zaś. zwany również Niszczycielem, to Anglik.

– Francuzka, mówi pan? – zdziwił się Amerykanin. – Halliday zniknął we Francji. Może coś w tym jest? Jak się nazywa ta kobieta?

– Nie wiem. Nic o niej nie wiem.

– Jest o czym myśleć.

Poirot pokiwał głową i równiutko ustawił szklanki na tacy. Dało o sobie znać jego zamiłowanie do porządku.

– Dlaczego zatopili te statki? Czy Wielka Czwórka służy Niemcom?

– Wielka Czwórka dba tylko o własny interes i o nic więcej, panie kapitanie. Chcą zdobyć władzę nad światem.

Amerykanin wybuchnął śmiechem. Umilkł jednak, gdy spostrzegł powagę na twarzy Poirota.

– Pan się śmieje – powiedział mój przyjaciel, grożąc Amerykaninowi palcem – ale pan nie myśli, nie używa małych szarych komórek. Kim są ludzie, którzy zniszczyli część waszej floty, żeby wypróbować swoją moc? O to przecież chodziło, panowie: o wypróbowanie tej nowej magnetycznej siły, którą posiedli.

– To do pana pasuje – rzucił rozbawiony Japp. – Często czytałem o superprzestępcach, ale nigdy takiego nie spotkałem. Usłyszał pan historię kapitana Kenta. Czy mógłbym coś jeszcze dla pana zrobić?

– Tak, przyjacielu. Niech mi pan da, z łaski swojej, adres pani Halliday i list polecający do niej.

Następnego dnia udaliśmy się do Chetwynd Lodge, niedaleko wioski Chobham w Surrey.

Pani Halliday nie kazała nam czekać. Była wysoką kobietą o jasnej cerze, nerwową i pełną energii. Razem z nią do pokoju weszła urocza pięcioletnia dziewczynka. Poirot wyjaśnił cel naszej wizyty.

– Och, panie Poirot! Tak bardzo się cieszę! Jestem panu niezmiernie wdzięczna! Oczywiście, wiele o panu słyszałam. Pan nie będzie taki, jak ludzie ze Scotland Yardu. Oni nie potrafią słuchać i nawet nie próbują mnie zrozumieć. Francuska policja wcale nie jest lepsza... Powiedziałabym, że raczej gorsza. Wszyscy są przekonani, że mąż uciekł z jakąś kobietą, ale to nieprawda. On myślał tylko o swojej pracy. To było źródłem połowy naszych kłótni. On pracę kocha bardziej niż mnie.

– Tacy są Anglicy – rzekł uspokajająco Poirot. – Albo praca, albo hazard, albo sport. Wszystko to traktują *au grand sérieux**. Proszę, aby opowiedziała mi pani bardzo szczegółowo i w miarę metodycznie o wszystkim, co ma związek ze zniknięciem męża.

– Mój mąż popłynął do Paryża w czwartek, dwudziestego lipca. W związku ze swoimi badaniami miał się tam spotkać z różnymi ludźmi, między innymi z panią Olivier.

---

* *au grand sérieux* (fr.) – z wielką powagą

Poirot pokiwał głową, słysząc nazwisko znanej francuskiej chemiczki, której osiągnięcia przyćmiły nawet blask sławy pani Curie. Pani Olivier otrzymała od rządu francuskiego wysokie odznaczenie i była wówczas jedną z najsławniejszych osobistości.

– Mąż dotarł do Paryża wieczorem i udał się prosto do hotelu Castiglione. Nazajutrz miał się spotkać z profesorem Bourgoneau. Stawił się na tym spotkaniu. Zachowywał się normalnie, był uprzejmy. Rozmowa była bardzo interesująca. Profesor umówił się z moim mężem na następne spotkanie. Chciał mu pokazać, jakie eksperymenty prowadzi w swojej pracowni. Potem mąż samotnie zjadł obiad w Café Royal, poszedł na spacer do Lasku Bulońskiego i odwiedził panią Olivier u niej w domu, w Passy. Zachowywał się całkiem normalnie. Wyszedł od niej około szóstej. Nie wiadomo, gdzie zjadł kolację. Pewnie w jakiejś restauracji. Koło jedenastej wrócił do hotelu, spytał, czy są dla niego jakieś listy, i udał się do swojego pokoju. Następnego dnia rano opuścił pokój, wyszedł z hotelu i nikt go więcej nie widział.

– O której wyszedł z hotelu? Czy o godzinie, o której powinien wyjść, żeby zdążyć na spotkanie z profesorem Bourgoneau?

– Nie wiemy. Rano nikt go nie widział. Nie zjadł śniadania, co każe się domyślać, że wyszedł wcześnie.

– Albo wskazuje na fakt, że wyszedł jeszcze poprzedniej nocy.

– Nie sądzę. Ktoś spał w jego łóżku. Portier zapamiętałby człowieka wychodzącego z hotelu o niezwykłej porze.

– Słuszna uwaga. Możemy więc przypuszczać, że wyszedł wcześnie rano. To stanowi jakąś pociechę. Przynajmniej nie został napadnięty przed świtem na paryskiej ulicy. A co z bagażem? Czy wszystkie swoje rzeczy mąż zostawił w pokoju?

Pani Halliday przez moment zwlekała z odpowiedzią, ale w końcu zdecydowała się powiedzieć prawdę:

– Nie, zabrał ze sobą jedną małą walizkę.

– Hmm... – mruknął zamyślony Poirot. – Ciekaw jestem, gdzie pani mąż spędził wieczór. Gdybyśmy to wiedzieli, posunęlibyśmy się naprzód. Z kim się spotkał? To bardzo tajemnicza historia. Zapewniam panią, że nie zawsze zgadzam się z opinią policji. Oni powtarzają tylko: *Cherchez la femme**. Oczywiste jest, że w nocy stało się coś, co zmusiło pani męża do zmiany planów. Mówi pani, że po powrocie do hotelu pytał, czy nie ma dla niego listów. Chciałbym wiedzieć, czy coś na niego czekało.

– Tylko jeden list. Pewnie ten, który napisałam do niego w dniu, gdy opuścił Anglię.

Poirot nie odzywał się przez chwilę pogrążony w myślach. Potem zerwał się na równe nogi.

– Rozwiązanie tej tajemnicy znajduje się w Paryżu i żeby je odnaleźć, osobiście pojadę do Francji.

– To było tak dawno, *monsieur*.

– Tak, tak... Niemniej właśnie tam musimy go szukać. Proszę mi jeszcze powiedzieć, czy pani mąż wspominał coś o Wielkiej Czwórce?

– O Wielkiej Czwórce? – powtórzyła pani Halliday. – Nie, nie sądzę.

---

* *Cherchez la femme* (fr.) – Szukajcie kobiety

ROZDZIAŁ 6

Kobieta na schodach

Tylko tyle dowiedzieliśmy się od pani Halliday. W pośpiechu wróciliśmy do Londynu. Nazajutrz byliśmy już w drodze na kontynent. Uśmiechając się ze smutkiem, Poirot powiedział:

– Przez tę Wielką Czwórkę nie mogę posiedzieć spokojnie w jednym miejscu. Biegam tu i tam jak nasz stary przyjaciel, pies myśliwski w ludzkiej skórze.

– Może spotkacie się w Paryżu?

Powiedziałem to, wiedząc, że Poirot ma na myśli niejakiego Giraud'a, jednego z najlepszych detektywów Sûreté, którego kiedyś poznał osobiście.

Poirot się skrzywił.

– Mam nadzieję, że nie. Ten człowiek nie darzy mnie miłością.

– Czeka nas trudne zadanie – zauważyłem. – Mamy znaleźć Anglika, który zniknął w Paryżu dwa miesiące temu.

– Bardzo trudne, *mon ami*. Wiesz jednak, że Herkulesa Poirota cieszą trudności.

– Sądzisz, że porwała go Wielka Czwórka?

Poirot pokiwał głową.

Poszukiwania zaczęliśmy od sprawdzenia posiadanych informacji. Nie dowiedzieliśmy się jednak nic ponad to, co powiedziała nam pani Halliday. Poirot długo rozmawiał z profesorem Bourgoneau. Chciał wiedzieć, czy Halliday wspominał o swoich planach na wieczór, ale profesor nie potrafił odpowiedzieć na to pytanie.

Nieco lepszym źródłem informacji mogła się okazać sławna pani Olivier. Byłem bardzo podekscytowany, gdy stanąłem na schodach jej willi w Passy. Zawsze intrygowały mnie kobiety, które potrafią zajść wysoko w świecie nauki. Moim zdaniem do takiej pracy trzeba męskiego umysłu.

Drzwi otworzył młody, może siedemnastoletni chłopiec, przywodzący na myśl akolitę. Zachowywał się tak, jakby dopełniał tajemniczego rytuału. Poirot wcześniej umówił się z panią Olivier, wiedział bowiem, że słynna chemiczka nie przyjmuje niespodziewanych gości, ponieważ większość czasu poświęca pracy.

Wprowadzono nas do niewielkiego salonu. Wkrótce nadeszła gospodyni. Pani Olivier była kobietą wysoką, co dodatkowo podkreślały długi biały kitel i dziwna fryzura. Jej włosy jak welon zakonnicy osłaniały głowę i twarz, pociągłą i bladą. W oczach płonęło jakieś fanatyczne światło. Przypominała raczej antyczną kapłankę niż współczesną Francuzkę. Jeden policzek kobiety szpeciła duża szrama. Przypomniałem sobie, że trzy lata temu jej mąż i współpracownik zginął w wyniku eksplozji w laboratorium, a sama pani Olivier doznała licznych poparzeń. Od tego wypadku chemiczka rzadko opuszczała swój dom i całkowicie poświęciła się badaniom naukowym. Przywitała nas chłodno, ale uprzejmie.

– Muszą panowie wiedzieć, że policja przesłuchiwała mnie wielokrotnie. Nie sądzę, żebym mogła panom pomóc, skoro moje informacje nie przydały się policji.

– *Madame*, nie wykluczam, że postawię pani całkiem nowe pytania. Proszę mi powiedzieć, o czym rozmawiała pani z panem Hallidayem.

Chemiczka wyglądała na zaskoczoną.

– O jego pracy! O jego pracy i o mojej.

– Czy pan Halliday wspominał o teorii, którą przedstawił niedawno w swoim odczycie dla Towarzystwa Naukowego?

– Oczywiście. Stanowiło to główny temat naszej rozmowy.

– Czy zgodzi się pani ze mną, że jego pomysł był fantastyczny? – spytał jakby od niechcenia Poirot.

– Niektórzy tak sądzą. Nie, nie zgadzam się z tą opinią.

– Sądzi pani, że realizacja tego zamierzenia jest możliwa?

– Jak najbardziej. Moje badania również idą w tym kierunku, chociaż postawiłam sobie inny cel. Badałam promieniowanie gamma emitowane przez substancję zwaną radem C, stanowiącą produkt promieniowania radu. Podczas badań spotkałam się z bardzo interesującym zjawiskiem magnetycznym. Prawdę mówiąc, mam własną teorię wyjaśniającą naturę siły zwanej magnetyzmem, ale jeszcze nie nadszedł czas na ujawnienie moich odkryć światu. Eksperymenty i poglądy pana Hallidaya bardzo mnie zainteresowały.

Poirot pokiwał głową. Potem zadał następne pytanie, które bardzo mnie zdziwiło:

– *Madame*, gdzie rozmawialiście o tych sprawach? Tutaj?

– Nie. W laboratorium.

– Czy mogę je zobaczyć?

– Oczywiście.

Otworzyła drzwi, którymi wcześniej weszła do pokoju. Prowadziły one do wąskiego korytarza. Minęliśmy dwoje innych drzwi i znaleźliśmy się w dużym laboratorium pełnym zlewek, probówek i najróżniejszych urządzeń, których nie potrafiłbym nazwać. W laboratorium pracowały dwie osoby. Pani Olivier przedstawiła je:

– Panna Claude, jedna z moich asystentek.

Panna Claude, wysoka dziewczyna o poważnej twarzy, skinęła głową.

– Pan Henri, mój zaufany przyjaciel.

Młody mężczyzna, niski i śniady, skłonił się niezręcznie.

Poirot rozejrzał się dokoła. Oprócz tych drzwi, przez które weszliśmy, było jeszcze dwoje innych. Jedne, jak wyjaśniła gospodyni, wychodziły do ogrodu, a drugie do mniejszego pomieszczenia, w którym również prowadzono badania.

Poirot rozglądał się przez chwilę, po czym stwierdził, że możemy wrócić do salonu.

– *Madame*, czy podczas rozmowy z panem Hallidayem ktoś państwu towarzyszył?

– Nie. Dwójka moich asystentów pracowała obok, w mniejszym pokoju.

– Czy ktoś mógł podsłuchać tę rozmowę?

Madame Olivier zastanawiała się chwilę, po czym pokręciła głową.

– Nie sądzę. Jestem prawie pewna, że nie. Drzwi były pozamykane.

– Czy w laboratorium ktoś mógłby się ukryć?

– W kącie stoi wprawdzie wielka szafa, ale ten pomysł wydaje mi się absurdalny.

– *Pas tout à fait**, madame. Jeszcze jedno: czy pan Halliday wspominał, jakie miał plany na wieczór?

– Nic o tym nie mówił.

– Dziękuję pani i przepraszam, że zająłem jej tyle czasu. Proszę nie robić sobie kłopotu, sami trafimy do wyjścia.

---

* *Pas tout à fait* (fr.) – Niezupełnie

Wyszliśmy do holu. W tej samej chwili otworzyły się drzwi wejściowe, weszła jakaś dama i szybko wbiegła na piętro. Była ponura, jak zwykle Francuzka w żałobie.

– Bardzo dziwna kobieta – mruknął Poirot.

– Pani Olivier? Tak...

– *Mais non*, nie *madame* Olivier. *Cela va sans dire!** Niewielu geniuszy chodzi po świecie. Nie, chodziło mi o tę drugą damę, która wbiegła na schody.

– Nie widziałem jej twarzy – powiedziałem. – Nie rozumiem, jak ci się to udało. Nawet na nas nie spojrzała.

– Dlatego mówię, że to dziwna kobieta – wyjaśnił Poirot. – Weszła do swojego domu, miała klucz, dlatego twierdzę, że to jej dom, i pobiegła na górę, nie spoglądając na dwóch obcych mężczyzn stojących w holu. Tak, to niezwykła kobieta. Było w tym coś nienaturalnego. *Mille tonnerres!* Co to?

W ostatniej chwili odciągnął mnie na bok. Na chodnik, tuż obok nas, zwaliło się drzewo. Poirot patrzył na nie pobladły i zdenerwowany.

– Niewiele brakowało! To dosyć niezręczne, bo przecież niczego nie podejrzewałem... pojawił się dopiero cień wątpliwości. Gdyby nie moje kocie oczy, Herkules Poirot mógł zostać zmiażdżony, co byłoby niepowetowaną stratą dla całego świata. Ty również, *mon ami*, mogłeś teraz leżeć pod tym drzewem, chociaż to nie byłoby katastrofą na miarę międzynarodową.

– Dziękuję – odparłem chłodno. – Co teraz zrobimy?

– Zrobimy?! – zawołał Poirot. – Zajmiemy się myśleniem. Tak! Tutaj i teraz zrobimy użytek z małych szarych komórek. Czy pan Halliday rzeczywiście był w Paryżu?

---

* *Cela va sans dire!* (fr.) – To się rozumie samo przez się!

Tak, ponieważ rozmawiał z nim profesor Bourgoneau, który go zna.
– O co ci chodzi? – spytałem zdenerwowany.
– To było w piątek rano. Ostatni raz widziano go w piątek wieczorem, około jedenastej. Ale czy to był on?
– Portier...
– Portier z nocnej zmiany, który widział pana Hallidaya pierwszy raz. Przychodzi ktoś dość podobny do Hallidaya, bo Numer Czwarty z pewnością niczego nie zaniedbał, pyta o listy, idzie na górę, pakuje niewielką walizeczkę i rano wychodzi niezauważony przez nikogo. Wieczorem nikt Hallidaya nie widział, ponieważ już wcześniej wpadł on w ręce nieprzyjaciela. Czy *madame* Olivier widziała się z Hallidayem? Tak. Tych dwoje wprawdzie się nie znało, ale nikomu nie udałoby się oszukać *madame* Olivier podczas rozmowy o chemii. Przyszedł tutaj, rozmawiał z nią... Co się stało potem? – Poirot złapał mnie za ramię i pociągnął na powrót w kierunku willi. – Wyobraź sobie, *mon ami*, że Halliday zaginął wczoraj, a my staramy się odtworzyć jego kroki. Lubisz tropić ślady, prawda? Widzisz je? To ślady mężczyzny, Hallidaya... Tutaj skręca w prawo, jak my wcześniej. Idzie szybko. Ach, idzie za nim ktoś zostawiający małe kobiece ślady. Dogania go szczupła młoda kobieta w żałobie. „*Pardon, monsieur**, *madame* Olivier prosi, że ja przywołać pan". Halliday staje... Odwraca się. Dokąd zaprowadzi go ta kobieta? Czy tylko przez przypadek dogoniła go w miejscu, gdzie wąska alejka rozdziela się i wiedzie do dwóch różnych ogrodów? Halliday idzie za nieznajomą. „Ta krótszy droga, *monsieur*", mówi kobieta. Po prawej stronie rozciąga się ogród otaczający willę *madame* Olivier, a po lewej należący do innej willi. Zauważ, że drzewo, które nieomal

---

* *Pardon, monsieur* (fr.) – Przepraszam pana

nas przywaliło, rośnie w tamtym ogrodzie. Bramy obydwu ogrodów wychodzą na tę alejkę. Zastawiono pułapkę. Z obcej willi wybiegają jacyś mężczyźni, obezwładniają Hallidaya i wnoszą go do środka.

– Dobry Boże! Poirot! – zawołałem. – Ty to wszystko widzisz?

– Widzę to oczyma umysłu, *mon ami*. Tak i tylko tak mogło się to wydarzyć. Chodź, wracamy do tego domu.

– Chcesz jeszcze raz porozmawiać z *madame* Olivier?

Poirot uśmiechnął się tajemniczo.

– Nie, Hastings. Chcę zobaczyć twarz damy, która wbiegła po schodach.

– Jak myślisz, kim ona jest dla pani Olivier?

– Pewnie sekretarką... pracującą tu od niedawna.

Drzwi znów otworzył ten sam łagodny akolita.

– Kim jest dama w żałobie, która weszła przed chwilą? – zapytał Poirot.

– *Madame* Veroneau? Sekretarka *madame*?

– Właśnie tę damę mam na myśli. Zechciałby pan powtórzyć, że proszę ją o chwilę rozmowy?

Młodzieniec odszedł, ale szybko wrócił.

– Bardzo mi przykro. *Madame* Veroneau chyba już wyszła.

– Nie sądzę – zaprzeczył spokojnie Poirot. – Proszę powiedzieć, że nazywam się Herkules Poirot i koniecznie muszę się z nią zobaczyć, w przeciwnym razie natychmiast idę na policję.

Chłopak znów odszedł. Tym razem nieznajoma dama zeszła na dół. Skierowała się do salonu. Poszliśmy za nią. Nagle odwróciła się ku nam i uniosła welon. Ku swojemu wielkiemu zdziwieniu poznałem naszą dawną przeciwniczkę, hrabinę Rosakow, Rosjankę, która w Londynie bardzo sprytnie kradła biżuterię.

– Kiedy zobaczyłam pana w holu, obawiałam się najgorszego – poskarżyła się hrabina.
– Droga hrabino Rosakow...
Hrabina pokręciła głową.
– Teraz jestem Inez Veroneau – szepnęła – Hiszpanką, która wyszła za mąż za Francuza. Czego pan ode mnie chce, panie Poirot? Pan jest strasznym człowiekiem. Wypędził mnie pan z Londynu. Teraz pewnie ujawni pan prawdę o mnie pani Olivier i przepędzi mnie z Paryża. My, biedni Rosjanie, też musimy gdzieś żyć.
– Sprawa jest o wiele poważniejsza, *madame* – rzekł Poirot, przyglądając się jej uważnie. – Proponuję, żebyśmy się udali do sąsiedniej willi i natychmiast uwolnili pana Hallidaya, jeśli jeszcze żyje. Widzi pani, ja wiem wszystko.
Hrabina nagle pobladła i przygryzła usta. Potem powiedziała zdecydowanym tonem:
– Tak, on żyje, ale nie ma go w willi. Dobijmy targu! Pan daruje mi wolność, a ja dam panu Hallidaya, całego i zdrowego.
– Zgoda – odparł Poirot. – Zamierzałem zaproponować to samo. Nawiasem mówiąc, czy pracuje pani dla Wielkiej Czwórki?
Na twarzy hrabiny znów pojawiła się upiorna bladość, ale Rosjanka nie odpowiedziała na pytanie.
– Czy mogę zadzwonić? – spytała.
Podeszła do aparatu i wykręciła jakiś numer.
– Dzwonię do willi – wyjaśniła – w której więziony jest nasz przyjaciel. Może pan podać ten numer policji. Zanim się tam zjawią, gniazdko będzie puste. No, mam połączenie... To ty, André? Tu Inez. Mały Belg wie wszystko. Odeślijcie Hallidaya do hotelu i zwijajcie się.
Odłożyła słuchawkę i podeszła do nas z uśmiechem na twarzy.

– Zechce nam pani towarzyszyć w drodze do hotelu, *madame*?

– Oczywiście. Spodziewałam się, że pan tego zażąda.

Wezwałem taksówkę i wróciliśmy do hotelu. Po minie Poirota poznałem, że jest zaskoczony. Poszło mu zbyt łatwo. Już w drzwiach podszedł do nas portier.

– Przyjechał jakiś pan. Czeka na panów w pokoju. Jest chyba bardzo chory. Przyprowadziła go pielęgniarka, ale już wyszła.

– Dziękuję – powiedział Poirot. – To mój przyjaciel.

Razem poszliśmy na górę. Na krześle pod oknem siedział obdarty mężczyzna. Był ledwo żywy. Poirot podszedł do niego.

– Pan John Halliday?

Mężczyzna pokiwał głową.

– Proszę mi pokazać lewe ramię. Pan Halliday ma pieprzyk poniżej łokcia.

Mężczyzna wyciągnął rękę. Pieprzyk był na swoim miejscu. Poirot ukłonił się hrabinie, ta odwróciła się i wyszła z pokoju.

Szklaneczka brandy ożywiła nieco Hallidaya.

– Mój Boże! – mruknął. – Przeszedłem przez piekło. Ci ludzie to wcielone diabły. Moja żona... Gdzie ona jest? Powiedzieli mi, że ona sądzi, że...

– Nie – odparł stanowczo Poirot. – Nigdy w pana nie zwątpiła. Czeka na pana... razem z dzieckiem.

– Dzięki Bogu! Nie mogę uwierzyć, że naprawdę jestem wolny.

– Skoro doszedł pan do siebie, proszę mi wszystko opowiedzieć, od samego początku.

Halliday spojrzał na niego z przedziwnym wyrazem twarzy.

– Nic nie pamiętam.

– Co?
– Słyszał pan o Wielkiej Czwórce?
– Co nieco – przyznał Poirot.
– Nie wie pan tego, co wiem ja. Oni dysponują nieograniczoną mocą. Jeśli będę milczał, pozostanę bezpieczny... Jeśli pisnę choć słówko, zapłacę za to nie tylko ja, lecz także moi najbliżsi. Niech pan mnie nie namawia do zmiany decyzji. Wiem... Nic nie pamiętam.

Po tych słowach Halliday wstał, pożegnał się i milcząc, wyszedł z pokoju.

Poirot wyglądał na bardzo zaskoczonego.

– A więc tak? – mruknął pod nosem. – Znowu Wielka Czwórka. Co trzymasz w ręce, Hastings?

Podałem mu kartkę.

– Hrabina przed odejściem napisała kilka słów – wyjaśniłem.

Poirot przeczytał.

*Au revoir!** – I.V.

– Podpisała się inicjałami I.V. Przypadkiem czy raczej celowo bez kropek tworzą one rzymską cyfrę cztery? Zastanawiam się, Hastings, poważnie się zastanawiam.

---

* *Au revoir!* (fr.) – tu: Do zobaczenia!

ROZDZIAŁ 7

Skradziony rad

Halliday spędził noc w sąsiednim pokoju. Słyszałem, jak przez sen jęczy i krzyczy. Widocznie to, czego doświadczył w niewoli, wyczerpało go psychicznie. Rano nie miał nic nowego do dodania. Powtarzał tylko, że Wielka Czwórka dysponuje nieograniczoną mocą i że gdyby nam coś powiedział, dosięgłaby go zemsta.

Po obiedzie wyjechał do Anglii, do żony. My z Poirotem zostaliśmy w Paryżu. Byłem przeświadczony, że należy podjąć energiczne działania, a bierność Poirota mnie denerwowała.

– Na miłość boską, Poirot – nalegałem – dobierzmy im się do skóry!

– Doskonale, *mon ami*, doskonale! Gdzie? Komu? Proszę cię, mów bardziej konkretnie.

– Wielkiej Czwórce, rzecz jasna.

– *Cela va sans dire*. Jak zamierzasz się do tego zabrać?

– Trzeba pójść na policję – zaproponowałem.

Poirot się uśmiechnął.

– Będą przekonani, że zmyślamy. Nie mamy żadnych dowodów. Musimy czekać.

– Czekać? Na co?

– Na ich następny ruch. Wy, Anglicy, doskonale rozumiecie i lubicie oglądać boks. Jeśli jeden z zawodników się nie rusza, drugi zmuszony jest do wyprowadzenia ciosu. Ten, który był bierny, ma wówczas okazję poznać przeciwnika. Taka właśnie rola przypadła nam w udziale: musimy czekać, aż druga strona przypuści atak.

– Myślisz, że to zrobią? – spytałem nieprzekonany.

– Jestem tego pewien. Widzisz, od początku starali się zmusić mnie do opuszczenia Anglii. Nie udało im się. Potem wzięliśmy aktywny udział w wydarzeniach w Dartmoor i uratowaliśmy niewinnego człowieka przed szubienicą. Wczoraj znów pokrzyżowaliśmy im szyki. Jestem pewien, że nie przyjmą tego ze spokojem.

Rozmyślałem jeszcze nad tymi słowami, kiedy ktoś zapukał do drzwi. Nie czekając na zaproszenie, do środka wszedł jakiś mężczyzna. Zamknął za sobą drzwi. Był wysoki, szczupły, miał lekko haczykowaty nos i żółtawą cerę. Ubrany był w zapięty pod samą szyję długi płaszcz. Twarz przysłaniał nasunięty na czoło kapelusz.

– Przepraszam za tak nagłe wtargnięcie – powiedział cichym głosem – ale przychodzę w dość nietypowej sprawie.

Z uśmiechem na ustach usiadł przy stole. Poderwałem się na równe nogi, ale Poirot gestem nakazał mi spokój.

– Przyznaję, że zjawia się pan zupełnie nieoczekiwanie. Czy zechce pan wyjaśnić, co pana tu sprowadza?

– To bardzo proste, drogi panie Poirot. Naprzykrza się pan moim przyjaciołom.

– W jaki sposób?

– Niech pan da spokój, panie Poirot. Chyba nie pyta pan poważnie? Odpowiedź zna pan równie dobrze jak ja.

– To zależy od tego, kim są pańscy przyjaciele.

Mężczyzna nie odezwał się, tylko wyjął z kieszeni papierośnicę, otworzył ją i położył na stole cztery papierosy. Po chwili zebrał je, na powrót włożył do papierośnicy i schował ją w kieszeni.

– Aha! – rzekł Poirot. – A więc o to chodzi? Co proponują pańscy przyjaciele?

– Proponują, żeby pan swoje wielkie zdolności w wykrywaniu przestępców nadal wykorzystywał w celu rozwiązywania problemów dam z towarzystwa.

– Bardzo pokojowa propozycja – stwierdził Poirot. – Co będzie, jeśli się nie zgodzę?

Mężczyzna odpowiedział wymownym gestem.

– Oczywiście byłoby nam bardzo przykro, gdybyśmy musieli posunąć się aż do tego. Wszyscy wielbiciele wielkiego Herkulesa Poirota będą w żałobie. Jednak nawet najszczerszy żal nie przywróci człowiekowi życia.

– Jest pan bardzo delikatny – przyznał Poirot, kiwając głową. – A jeśli się zgodzę?

– W takim wypadku wolno mi zaoferować panu drobną rekompensatę.

Mężczyzna wyjął portfel i rzucił na stół dziesięć banknotów tysiącfrankowych.

– Niech pan to przyjmie jako dowód naszej dobrej woli – powiedział. – Dostanie pan dziesięć razy więcej.

– Wielki Boże! – zawołałem, znów podrywając się na równe nogi. – Ośmiela się pan sugerować...

– Usiądź, Hastings – rozkazał Poirot. – Zapanuj nad swoim pięknym i szlachetnym odruchem i siedź spokojnie. Mam panu coś do powiedzenia – zwrócił się do nieznajomego. – Mogę zadzwonić teraz na policję. Mój przyjaciel zatrzyma pana do przybycia żandarmów.

– Proszę tak zrobić, skoro uważa pan, że to rozsądne – odparł spokojnie nasz gość.

– Daj spokój, Poirot! – krzyknąłem. – Dłużej tego nie zniosę! Wezwij policję. Czas z tym skończyć.

– Zdaje się, że będzie to najlepsze wyjście – mruknął pod nosem Poirot, jakby mówił do siebie.

– Nie ufa pan temu, co wydaje się najlepsze, czyż nie? – spytał z uśmiechem nasz gość.

– Dzwoń, Poirot! – rzuciłem ze złością.

– Cała odpowiedzialność za to, co się teraz stanie, spadnie na ciebie, *mon ami*.

Poirot podniósł słuchawkę. W tej samej chwili obcy mężczyzna rzucił się na mnie cicho i nieoczekiwanie jak kot. Byłem na to przygotowany. Mocowaliśmy się przez dłuższą chwilę. Nagle poczułem, że mój przeciwnik słabnie. Postanowiłem wykorzystać swoją przewagę. Mężczyzna ugiął się pod ciężarem mojego ciała i właśnie wtedy, gdy byłem pewien zwycięstwa, stało się coś niezwykłego. Poczułem, że lecę do przodu. Uderzyłem głową o ścianę i oszołomiony zwaliłem się na podłogę. Po chwili znów stałem na nogach, ale za moim przeciwnikiem zdążyły się już zamknąć drzwi. Szarpnąłem za klamkę, okazało się jednak, że zostaliśmy zamknięci na klucz. Wyrwałem Poirotowi słuchawkę.

– Recepcja? Proszę zatrzymać mężczyznę wychodzącego z hotelu! Jest wysoki, nosi płaszcz i kapelusz. To przestępca!

Kilka minut później usłyszałem jakiś hałas na korytarzu. Ktoś przekręcił klucz i otworzył drzwi naszego pokoju. Zobaczyłem kierownika hotelu.

– Złapaliście tego człowieka? – spytałem.

– Nie, proszę pana. Nikt nie wychodził.

– Musiał go pan minąć na schodach.

– Nikogo nie mijaliśmy. Nie mogę zrozumieć, w jaki sposób ten człowiek uciekł.

– Sądzę, że jednak kogoś pan minął – wtrącił się do rozmowy Poirot. – Może któregoś z pracowników hotelu?

– Tylko kelnera z tacą.

– Aha!

Ton głosu mojego przyjaciela był bardzo wymowny.

– Teraz rozumiem, dlaczego miał na sobie płaszcz zapięty aż pod brodę – mruknął Poirot pod nosem, kiedy wreszcie pozbył się kierownika hotelu.

– Bardzo mi przykro, Poirot – powiedziałem zawstydzony. – Już myślałem, że go rozłożyłem.

– To był jakiś japoński chwyt, jak sądzę. Nie martw się, przyjacielu. Wszystko poszło zgodnie z planem... jego planem. Tego właśnie chciałem.

– Co to? – Mówiąc to, rzuciłem się na mały przedmiot leżący na podłodze.

Był to niewielki portfel z brązowej skóry. Musiał wypaść naszemu gościowi podczas szamotaniny. W środku znalazłem dwa rachunki wystawione na nazwisko Feliksa Laona i złożony kawałek papieru. Serce zaczęło mi bić szybciej. Okazało się, że trzymam w ręce wydartą z notesu kartkę, na której zapisano ołówkiem jedno zdanie.

Następne spotkanie rady odbędzie się w piątek o godzinie jedenastej przy rue de l'Échelle 34.

Informację podpisano wielką czwórką.

Mieliśmy piątek. Zegar na kominku wskazywał dziesiątą trzydzieści.

– Mój Boże! Cóż za okazja! – zawołałem. – Los wreszcie uśmiechnął się do nas. Musimy natychmiast tam pojechać. Mamy naprawdę wielkie szczęście.

– A więc po to tu przyszedł – mruknął Poirot. – Teraz wszystko rozumiem.

– Co rozumiesz? Chodźmy, Poirot! Przestań marzyć!

Poirot spojrzał na mnie i uśmiechając się lekko, pokręcił głową.

– Mam się dać złapać w pułapkę? Nie! Oni są przenikliwi, ale nie dorównują Herkulesowi Poirotowi.

– O co ci chodzi?

– Mój przyjacielu, zastanawiałem się właśnie, w jakim celu złożono mi tę wizytę. Czy nasz gość miał nadzieję, że uda się mnie przekupić? Albo zastraszyć? Zmusić do rezygnacji z zadania, które przed sobą postawiłem? Trudno w to uwierzyć. Po co więc tu przyszedł? Teraz rozumiem jego plan: dobry, a nawet świetny. Udawał, że chce mnie przekupić i zastraszyć, nie próbował uniknąć walki, a wszystko po to, żeby w sposób niebudzący podejrzeń zgubić portfel i zastawić na mnie pułapkę. Rue de l'Échelle godzina jedenasta? Nie sądzę, *mon ami*! Herkules Poirot nie da się tak łatwo złapać.

– Wielkie nieba! – rzekłem z westchnieniem.

Poirot również nie był zadowolony.

– Jednego tylko nie rozumiem.

– Czego?

– Chodzi o czas, Hastings. Gdyby chcieli zwabić mnie w pułapkę, byłoby to łatwiejsze w nocy. Dlaczego dzisiaj przed południem? Czyżby dzisiaj miało się coś wydarzyć? Coś, o czym Herkules Poirot nie powinien wiedzieć? Zobaczymy. Nie ruszę się stąd, *mon ami*. Dzisiaj nigdzie nie idziemy. Tutaj zaczekamy na to, co musi się stać.

O jedenastej trzydzieści otrzymaliśmy wezwanie. Była to mała niebieska koperta. Poirot otworzył ją i podał mi list od pani Olivier, słynnej chemiczki, którą odwiedziliśmy poprzedniego dnia w związku ze sprawą Hallidaya. Prosiła nas o natychmiastowe przybycie do Passy.

Udaliśmy się tam bezzwłocznie. Pani Olivier przyjęła nas w tym samym małym saloniku co poprzednio. Tak samo jak poprzedniego dnia uderzyła mnie wielka siła emanująca z tej kobiety. Pani Olivier, godna następczyni Becquerela i małżeństwa Curie, miała pociągłą twarz zakonnicy i płonące oczy. Od razu przeszła do rzeczy.

– Wczoraj wypytywali mnie panowie w sprawie zniknięcia pana Hallidaya. Teraz dowiaduję się, że wrócili panowie do mojego domu i rozmawiali z moją sekretarką Inez Veroneau. Inez wyszła z panami i dotąd nie wróciła.
– To wszystko, *madame*?
– Nie, panowie, to jeszcze nie wszystko. Wczoraj w nocy włamano się do laboratorium i skradziono wartościowe dokumenty. Złodzieje chcieli się dostać do czegoś cenniejszego, ale nie udało im się otworzyć dużego sejfu.
– *Madame*, powiem pani prawdę. Pani była sekretarka, *madame* Veroneau, to w rzeczywistości hrabina Wiera Rosakow, wytrawna złodziejka. To ona była odpowiedzialna za zniknięcie pana Hallidaya. Jak długo pracowała u pani?
– Pięć miesięcy. Jestem zaskoczona tym, czego dowiaduję się od pana.
– To wszystko prawda. Czy wykradzione dokumenty łatwo było znaleźć, czy też sądzi pani, że w kradzież zamieszany jest ktoś z pracowników?
– To dziwne... Złodzieje wiedzieli, gdzie szukać. Myśli pan, że Inez...
– Tak. Jestem przekonany, że złodzieje działali z jej polecenia. Niech mi pani powie, jakiej to cennej rzeczy nie zdołali wykraść? Biżuterii?
Pani Olivier, uśmiechając się nieznacznie, pokręciła głową.
– Czegoś bardziej wartościowego.
Rozejrzała się, po czym wyjaśniła szeptem:
– Chodzi o rad.
– Rad?
– Tak. Przechodzę do najważniejszego etapu moich badań. Mam niewielką ilość radu... Nieco ponad to, co udostępniono mi do badań. Ilościowo jest tego niewiele, a jed-

nak stanowi to znaczną część światowych zasobów i jest warte miliony franków.

– Gdzie jest ten rad?

– Złożony w ołowianej kasetce w dużym sejfie, który wygląda na zniszczony i staroświecki, ale w rzeczywistości stanowi wielkie osiągnięcie współczesnej myśli technicznej. Złodziejom nie udało się go otworzyć.

– Jak długo pozostanie pani w posiadaniu radu?

– Jeszcze dwa dni. Tyle czasu potrzeba mi na ukończenie eksperymentu.

Poirotowi rozbłysły oczy.

– Czy Inez Veroneau o tym wie? Dobrze. To znaczy, że ptaszki tu wrócą. Proszę nikomu o mnie nie mówić. Uratuję pani rad. Czy ma pani klucz do drzwi laboratorium wychodzących na ogród?

– Tak. Oto on. Mam jeszcze drugi. A to klucz do furtki wychodzącej na aleję oddzielającą tę willę od sąsiedniej.

– Dziękuję. Niech pani położy się dzisiaj spać jak zwykle. Proszę wszystko zostawić w moich rękach. Proszę nic nikomu nie mówić. Szczególnie asystentom: *mademoiselle* Claude i *monsieur* Henriemu, jeśli się nie mylę.

Wychodząc z willi, Poirot z zadowoleniem zacierał ręce.

– Co teraz zrobimy? – spytałem.

– Za chwilę opuszczamy Paryż. Wyjeżdżamy do Anglii.

– Co?

– Spakujemy się, zjemy obiad i jedziemy na Gare du Nord[*].

– A rad?

– Powiedziałem, że wyjeżdżamy do Anglii, ale nie mówiłem, że tam dotrzemy. Zastanów się, Hastings. Na pew-

---

[*] Gare du Nord – Dworzec Północny, jeden z sześciu głównych dworców kolejowych w Paryżu (przyp. red.).

no jesteśmy śledzeni. Nieprzyjaciel musi być przeświadczony o tym, że wróciliśmy do Anglii. Nie przekonamy go, jeśli nie wsiądziemy do pociągu.

– Zamierzasz wysiąść w ostatniej chwili?

– Nie, Hastings. Naszego nieprzyjaciela nie zadowoli nic innego, jak tylko wyjazd *bona fide**.

– Ale pociąg zatrzymuje się dopiero w Calais!

– Jeśli zapłacimy, może stanąć wcześniej.

– Daj spokój, Poirot. Nie uda ci się nakłonić maszynisty do zatrzymania pociągu ekspresowego.

– Drogi przyjacielu, czyżbyś nigdy nie zauważył informacji o karze, jaką należy uiścić za nieuzasadnione użycie *signal d'arrêt***? Wynosi ona chyba sto franków.

– Chcesz pociągnąć za hamulec?

– Poproszę o tę przysługę mojego przyjaciela Pierre'a Combeau. Podczas gdy on będzie się kłócił z konduktorami, wzbudzając zainteresowanie pasażerów, my dwaj wymkniemy się niepostrzeżenie.

Zrobiliśmy tak, jak powiedział Poirot. Pierre Combeau, dobry znajomy Poirota, znał metody działania mojego przyjaciela, przystał więc na wszystko. Ledwie wyjechaliśmy z Paryża, pociąg musiał stanąć. Combeau, hałaśliwy jak każdy Francuz, urządził wielką scenę. Tymczasem my z Poirotem wysiedliśmy z pociągu, nie budząc niczyjego zainteresowania.

Najpierw zmieniliśmy wygląd. Wszystko, co było nam potrzebne, znalazło się w walizeczce Poirota. Po chwili wyglądaliśmy jak dwa nieroby w brudnych bluzach. Kolację zjedliśmy w obskurnym zajeździe. Potem wróciliśmy do Paryża.

---

* *bona fide* (łac.) – w dobrej wierze

** *signal d'arrêt* (fr.) – hamulca bezpieczeństwa

Dochodziła jedenasta, kiedy znaleźliśmy się koło willi pani Olivier. Rozejrzeliśmy się na ulicy, po czym ostrożnie skręciliśmy w alejkę wiodącą do ogrodu. Wokół panował spokój. Mieliśmy pewność, że nikt nas nie śledzi.

– Sądzę, że jeszcze ich tu nie ma – szepnął Poirot. – Możliwe, że przyjdą dopiero jutro, ale przecież wiedzą, że za dwa dni radu już nie będzie.

Bardzo ostrożnie przekręcaliśmy klucz w ogrodowej furtce. Otworzyła się bezgłośnie. Weszliśmy.

W jednej chwili zostaliśmy otoczeni, zakneblowani i związani. Mieliśmy przeciw sobie co najmniej dziesięciu mężczyzn. Stawianie oporu nie miałoby sensu. Uniesiono nas w górę jak worki z ziemniakami. Ku mojemu wielkiemu zdumieniu napastnicy skierowali się w stronę domu. Kluczem otworzyli drzwi laboratorium i wnieśli nas do środka. Jeden z mężczyzn pochylił się nad wielkim sejfem, którego drzwi powoli zaczęły się otwierać. Przeszył mnie nieprzyjemny dreszcz. Czyżby zamierzali nas zamknąć, byśmy się udusili z braku powietrza?

Nagle, zdumiony, zobaczyłem wewnątrz sejfu prowadzące w dół wąskie schody. Popchnięto nas na nie. Po chwili znaleźliśmy się w dużym podziemnym pomieszczeniu. Tam czekała na nas wysoka kobieta o królewskiej postawie w czarnej aksamitnej masce zasłaniającej twarz. Bez słowa, za pomocą wymownych gestów, wydawała polecenia mężczyznom, którzy nas tu dostarczyli. Zostaliśmy ułożeni na podłodze, po czym zostawiono nas sam na sam z tajemniczą postacią w masce. Tożsamość tej osoby nie budziła żadnych wątpliwości. To nieznana Francuzka, Numer Trzeci, członkini Wielkiej Czwórki.

Kobieta schyliła się i wyjęła nam kneble. Nadal jednak byliśmy związani. Potem wyprostowała się i szybkim ruchem zdjęła z twarzy maskę.

Kryła się pod nią pani Olivier!

– Panie Poirot – powiedziała niskim, pełnym szyderstwa głosem – wielki, wspaniały panie Poirot! Rano przesłałam panu ostrzeżenie. Pan zechciał je zlekceważyć. Myślał pan, że może się nam przeciwstawić! Dlatego teraz trafił pan tutaj.

Na jej twarzy malowała się jakaś bezlitosna złośliwość. Poczułem zimny dreszcz. W oczach tej kobiety czaił się obłęd.

Poirot nie odpowiedział. Patrzył na nią z otwartymi ustami.

– Tak – ciągnęła pani Olivier – to już koniec. Nie możemy pozwolić, żeby ktoś nam przeszkadzał. Czy ma pan jakieś życzenie?

Nigdy wcześniej i nigdy potem nie otarłem się tak blisko o śmierć. Poirot był wspaniały. Nie okazał strachu, nie pobladł, z ogromnym zainteresowaniem patrzył na panią Olivier.

– Interesuje mnie pani osobowość, *madame* – odparł spokojnie. – Szkoda, że nie mam czasu lepiej pani poznać. Tak, chciałbym prosić o jedną rzecz. Zdaje się, że skazanemu przysługuje prawo do ostatniego papierosa. Mam przy sobie papierośnicę. Może będzie pani tak dobra…

Przerwał i spojrzał znacząco na krępujące go więzy.

– Ach tak! – zawołała ze śmiechem pani Olivier. – Chciałby pan, żebym rozwiązała panu ręce, prawda? Wiem, że jest pan sprytny, panie Poirot. Nie, nie rozwiążę panu rąk, ale mogę wyjąć papierosa.

Po tych słowach przyklękła obok mojego przyjaciela, znalazła w jego kieszeni papierośnicę, wyjęła papierosa i włożyła mu go do ust.

– Podam panu zapałkę – powiedziała, wstając.

– Nie trzeba, *madame*.

W jego głosie zabrzmiała jakaś nowa, intrygująca nuta. Kobieta znieruchomiała.

– Proszę się nie ruszać, bo będzie pani tego żałować. Czy zna pani właściwości kurary? Indianie z Ameryki Południowej zatruwają nią swoje strzały. Nawet lekkie draśnięcie oznacza śmierć. Niektóre plemiona używają małych dmuchawek. Ja zamówiłem sobie dmuchawkę z wyglądu przypominającą papierosa. Wystarczy dmuchnąć... Pani drży? Proszę się nie ruszać, *madame*! Ten papieros działa niezawodnie. Wystarczy dmuchnąć i strzałka przypominająca rybią ość poszybuje w powietrzu. Chyba nie chce pani umrzeć? Jeśli nie, to proszę rozwiązać mojego przyjaciela Hastingsa. Mam wprawdzie związane ręce, ale mogę poruszać głową i jestem naprawdę niebezpieczny. Niech pani nie popełni błędu.

Pani Olivier schyliła się powoli i drżącymi dłońmi zaczęła mnie rozwiązywać. Rysy jej twarzy zostały zniekształcone przez grymas pełen złości i nienawiści. Po chwili byłem wolny.

– Teraz, Hastings – zwrócił się do mnie Poirot – zwiąż *madame* sznurem, którym byłeś skrępowany. Doskonale. Sprawdź, czy węzły są mocno zaciśnięte. Potem będziesz mógł rozwiązać mnie. Całe szczęście, że odesłała swoich pomocników. Jeśli los nadal będzie nam sprzyjał, wydostaniemy się stąd, zanim ktokolwiek zauważy, że coś jest nie w porządku.

Chwilę później Poirot stał już na własnych nogach. Ukłonił się pani Olivier.

– Nie tak łatwo zabić Herkulesa Poirota, *madame*. Życzę dobrej nocy.

Zakneblowana nie mogła odpowiedzieć, ale zabójczy błysk w jej oczach mnie przeraził. Miałem nadzieję, że już nigdy nie wpadnę w jej ręce.

Kilka minut później wyszliśmy z willi do ogrodu. Na drodze rozejrzeliśmy się uważnie. Nie było widać żywej duszy.

Dopiero po przejściu sporego dystansu poczuliśmy się bezpieczni.

– Zasłużyłem sobie na to, co mnie spotkało! – zawołał Poirot. – Jestem niepoprawnym głupcem, nędznym zwierzęciem, skończonym idiotą! Byłem dumny, że nie dałem się złapać w pułapkę, a to wcale nie była pułapka. W tę, którą dla mnie przygotowali, wpadłem, nie żywiąc żadnych podejrzeń. Wiedzieli, że wizyta nieznajomego mężczyzny wyda mi się podejrzana. To wyjaśnia, dlaczego tak łatwo się poddali, dlaczego oddali pana Hallidaya. Wszystkim kierowała pani Olivier, a Wiera Rosakow tylko wykonywała rozkazy. *Madame* poznała teorię angielskiego chemika, a sama uzupełni to, czego on nie potrafił zrozumieć. Tak, Hastings, teraz wiemy, kto jest Numerem Trzecim. Jest nim najtęższy umysł świata nauki. Pomyśl tylko! Umysłowość Wschodu i nauka Zachodu! Nie znamy dwóch pozostałych osób, ale musimy to wyjaśnić. Jutro wrócę do Londynu i zajmę się tym.

– Nie zamierzasz zameldować policji o niecnych czynach pani Olivier?

– Nie uwierzyliby mi. Cały naród jest dumny z *madame* Olivier, a my nie dysponujemy żadnymi dowodami. Mam nadzieję, że ona nie zgłosi się na policję ze skargą na nas!

– Co?

– Pomyśl, Hastings! Przebywaliśmy w nocy na terenie jej posiadłości, z kluczami, w których posiadanie weszliśmy w niewiadomy sposób. *Madame* Olivier nigdy się nie przyzna, że nam je dała. Gospodyni zaskoczyła nas, gdy majstrowaliśmy przy sejfie, a my ją związaliśmy i zakneblowaliśmy, po czym uciekliśmy. Niczego nie będziemy w stanie udowodnić.

ROZDZIAŁ 8

W domu wroga

Nazajutrz po przygodzie w Passy wróciliśmy do Londynu. Na Poirota czekało kilka listów. Czytając, uśmiechał się tajemniczo, potem podał mi je, mówiąc:
– Przeczytaj to, przyjacielu.

Spojrzałem na nazwisko autora pierwszego listu, podpisał go Abe Ryland. Przypomniałem sobie słowa Poirota: „To najbogatszy człowiek na świecie". Pan Ryland pisał krótko i złośliwie: przedstawione przez Poirota powody odwołania w ostatniej chwili przyjazdu do Ameryki Południowej absolutnie go nie satysfakcjonują.

– To daje do myślenia – stwierdził Poirot.
– To chyba naturalne, że jest zdenerwowany?
– Nie, nie. Nic nie rozumiesz. Pamiętasz słowa Mayerlinga? Tego mężczyzny, który schronił się tutaj, ale został zabity przez swoich wrogów? Numer Drugi podpisuje się literą S przeciętą dwiema liniami, czyli symbolem dolara. Czasem używa też dwóch kresek i gwiazdy. Można się domyślać, że jest obywatelem Stanów Zjednoczonych i wywodzi się z zamożnych, wpływowych kręgów. Pamiętając o tych faktach, przypomnij sobie jeszcze, że Abe Ryland proponował mi wielkie pieniądze, żebym tylko zechciał wyjechać z Anglii. I co ty na to, Hastings?

– Czyżbyś podejrzewał Abe'a Rylanda, multimilionera, o to, że jest Numerem Drugim w Wielkiej Czwórce? – zapytałem, patrząc na przyjaciela z niedowierzaniem.

– Tylko dzięki błyskotliwemu intelektowi mogłeś to zrozumieć, Hastings. Tak, podejrzewam go. Ton twojego głosu, kiedy wypowiadałeś słowo „multimilioner", był bardzo wymowny. Pozwól mi jednak przypomnieć coś, o czym dobrze wiedzą znajdujący się na szczycie: pan Ryland nie zawsze gra czysto. Jest człowiekiem zdolnym i pozbawionym skrupułów. Ma tyle pieniędzy, ile dusza zapragnie, i marzy mu się nieograniczona władza.

Słowa Poirota brzmiały bardzo rozsądnie. Spytałem go, kiedy zrozumiał to, co mi przed chwilą wyjaśnił.

– Problem w tym, że nie mam pewności. *Mon ami*, dałbym wiele, żeby wiedzieć na pewno. Jeśli jednak Abe Ryland jest Numerem Drugim, zbliżamy się do celu.

– Zdaje się, że Ryland przyjechał do Londynu – powiedziałem, pukając palcem w list. – Może powinieneś do niego pójść i osobiście go przeprosić?

– Mogę to zrobić.

Dwa dni później Poirot wrócił do domu niezwykle podekscytowany. Ujął mnie za ręce, co mu się, niestety, czasem zdarzało, i zawołał:

– Przyjacielu, trafia się zdumiewająca, bezprecedensowa, niepowtarzalna okazja! Sprawa jest jednak niebezpieczna. Bardzo niebezpieczna! Nie powinienem cię o to prosić.

Jeśli Poirot chciał mnie przestraszyć, to wybrał niewłaściwy sposób, gdyż jego słowa wywołały wręcz przeciwny skutek. Powiedziałem mu o tym. To go nieco uspokoiło, więc przedstawił mi swój plan.

Okazało się, że Ryland szuka Anglika o dobrej prezencji i znającego etykietę na stanowisko osobistego sekretarza. Poirot zaproponował, żebym postarał się o tę pracę.

– Chętnie zrobiłbym to sam, *mon ami* – wyjaśnił, jakby przepraszając – ale nie będę w stanie zaspokoić wymagań pana Rylanda. Wprawdzie doskonale mówię po angielsku, kiedy nie jestem zdenerwowany, ale mam obcy akcent. Gdybym nawet poświęcił swoje wąsy, i tak bez trudu rozpoznają we mnie Herkulesa Poirota.

Zgodziłem się z wątpliwościami przyjaciela. Oświadczyłem, że jestem gotów podjąć się tej roli i postarać się o pracę u pana Rylanda.

– Dziesięć do jednego, że mnie nie zatrudni – oświadczyłem.

– Ależ tak! Załatwię ci takie świadectwa pracy, że będziesz łakomym kąskiem. Pójdziesz tam z listem polecającym od samego ministra spraw wewnętrznych.

Uznałem to za lekką przesadę, ale Poirot zbył moje obiekcje machnięciem ręki.

– Minister zrobi to dla mnie. Zająłem się kiedyś pewną sprawą, z którą miałby sporo kłopotów. Dzięki mnie wszystko zostało załatwione bardzo dyskretnie i delikatnie. Teraz, że tak powiem, minister je mi z ręki jak oswojony ptaszek.

Zaczęliśmy od wizyty u specjalisty potrafiącego zmieniać wygląd klientów. Był to niski mężczyzna w dziwny, nieco ptasi sposób pochylający głowę, czym przypominał Poirota. Specjalista ten przez długą chwilę przyglądał mi się z uwagą, po czym zabrał się do pracy. Godzinę później mogłem już spojrzeć w lustro. Zamarłem ze zdumienia. Dzięki specjalnym butom stałem się o kilka centymetrów wyższy. Miałem na sobie płaszcz, w którym wyglądałem bardzo szczupło. Zmieniono kształt moich brwi tak, że z trudem poznawałem teraz własną twarz. Policzki miałem wypchane specjalnymi poduszeczkami. Znikła gdzieś moja piękna opalenizna. Nie miałem też wąsów, wzbogaciłem się natomiast o złoty ząb.

– Nazywasz się – rzekł Poirot – Arthur Neville. Niech cię Bóg strzeże, przyjacielu. Obawiam się, że narażam cię na niebezpieczeństwo.

O godzinie wyznaczonej przez pana Rylanda z bijącym sercem stawiłem się w Savoyu.

Musiałem zaczekać kilka minut, zanim poproszono mnie na górę.

Ryland siedział przy stole. Przed nim leżał list. Rzuciłem na kartkę ukradkowe spojrzenie i poznałem pismo ministra spraw wewnętrznych. Pierwszy raz widziałem amerykańskiego milionera, wywarł na mnie wielkie wrażenie. Był wysoki, szczupły, miał lekko wysuniętą brodę i haczykowaty nos. Jego oczy lśniły zimnym szarym światłem pod wysokimi brwiami. Włosy miał gęste, szpakowate, a z kącika ust sterczało mu zawadiacko czarne cygaro. Bez cygara – jak się później dowiedziałem – Ryland się nie pokazuje.

– Proszę usiąść – mruknął.

Usiadłem. Ryland puknął palcem w leżący na stole list.

– Sądząc z tego, co tu przeczytałem, jest pan człowiekiem, jakiego szukam. Proszę powiedzieć, czy zna się pan na etykiecie?

Powiedziałem, że w tej dziedzinie, jak sądzę, będę mógł zadowolić swojego pracodawcę.

– Czy to znaczy, że jeśli zaproszę do swojego wiejskiego pałacu mnóstwo hrabiów, szlachciców, wicehrabiów i im podobnych, będzie pan w stanie usadzić ich przy stole tak, jak powinno to być zrobione?

– Z łatwością – odparłem, uśmiechając się.

Rozmowa nie trwała długo. Zostałem zatrudniony. Pan Ryland potrzebował sekretarza znającego angielską etykietę, miał już bowiem sekretarza i stenotypistkę z Ameryki.

Dwa dni później pojechałem do Hatton Chase, siedziby księcia Loamshire, którą amerykański milioner wynajął na pół roku.

Moje obowiązki nie były trudne. Kiedyś pracowałem jako sekretarz wiecznie zapracowanego parlamentarzysty, więc ta rola nie była mi całkiem obca. Pan Ryland na soboty i niedziele zapraszał mnóstwo gości, ale w połowie tygodnia w domu panował spokój. Rzadko widywałem pana Appleby'ego, amerykańskiego sekretarza. Sprawiał on jednak wrażenie miłego, normalnego człowieka, doskonale znającego się na swojej pracy. Nieco częściej widywałem pannę Martin, stenotypistkę. Była piękną, na oko dwudziestokilkuletnią dziewczyną o kasztanowych włosach i brązowych oczach, czasem lśniących z podniecenia, na ogół jednak skromnie spuszczonych w dół. Miałem wrażenie, że nie lubi swojego pracodawcy i nie ufa mu, chociaż unikała rozmowy na ten temat. Pewnego dnia jednak mi się zwierzyła.

Rzecz jasna uważnie przyglądałem się wszystkim domownikom. Odniosłem wrażenie, że niedawno zatrudniono tylko dwie służące, jednego lokaja i kilka pokojówek. Szef służby i gospodyni pracowali wcześniej u księcia, a teraz zgodzili się pozostać w wynajętym domu. Pokojówki uznałem za nieważne, starałem się natomiast mieć na oku drugiego lokaja Jamesa. Po pewnym czasie nabrałem przekonania, że nie jest on nikim więcej jak tylko drugim lokajem. Zatrudnił go szef służby. Najwięcej podejrzeń budził we mnie Deaves, służący Rylanda, który przyjechał ze swoim panem z Nowego Jorku. Mimo że był Anglikiem i miał nieskazitelne maniery, nie miałem do niego za grosz zaufania.

Byłem w Hatton Chase już trzy tygodnie, ale nie zdarzyło się nic, co mogłoby potwierdzać naszą teorię. Nie znalazłem najmniejszego śladu działalności Wielkiej Czwórki. Pan Ryland był wprawdzie człowiekiem o silnej osobowości, ale zaczynałem już wierzyć, że Poirot się pomylił, łącząc jego osobę z działalnością tej bezwzględnej organizacji. Pewnego razu Ryland w zupełnie naturalny sposób wspomniał podczas kolacji o Poirocie.

– Mówią, że to niezwykły człowiek. Ale zbyt łatwo się poddaje. Skąd o tym wiem? Prosiłem go raz o załatwienie pewnej sprawy. Odmówił mi w ostatniej chwili. Nie chcę więcej słyszeć o tym waszym panu Poirocie.

W takich momentach poduszki w policzkach wydawały mi się szczególnie niewygodne.

Później panna Martin opowiedziała mi dość dziwną historię. Ryland wyjechał na cały dzień do Londynu i zabrał ze sobą Appleby'ego. Po herbacie wyszliśmy z panną Martin do ogrodu. Polubiłem tę dziewczynę. Była bardzo naturalna. Widziałem, że coś ją trapi. Po chwili panna Martin wyznała, o co chodzi.

– Wie pan, majorze Neville – oznajmiła – zastanawiam się poważnie nad zmianą miejsca pracy.

Zrobiłem zdumioną minę. Panna Martin szybko wyjaśniła:

– Wiem, że miałam szczęście, dostając tę posadę. Jeśli zrezygnuję, ludzie pomyślą, że zgłupiałam. Ja jednak nie potrafię godzić się na złe traktowanie, majorze Neville. Dlaczego miałabym milczeć, kiedy ktoś wymyśla mi od najgorszych? Prawdziwy dżentelmen nie pozwoliłby sobie na coś takiego.

– Czyżby pan Ryland przeklinał w pani obecności?

Kiwnęła głową.

– Jest drażliwy i niecierpliwy, ale tego można się było spodziewać. W takiej pracy trzeba umieć znosić złe humory pracodawcy. Ale żeby wpadać we wściekłość z byle powodu? Bałam się, że mnie zabije! Zapewniam pana, że nie stało się nic, co usprawiedliwiałoby takie zachowanie.

– Chciałaby pani o tym opowiedzieć? – spytałem bardzo zainteresowany.

– Wie pan, że do moich obowiązków należy otwieranie listów przychodzących do pana Rylanda. Niektóre przekazuję panu Appleby'emu, na inne sama odpowiadam. Sortowanie korespondencji jest moim obowiązkiem. Czasem jednak przychodzą listy w niebieskiej kopercie z maleńką czwórką w rogu... Przepraszam, pan coś mówił?

Nie udało mi się powstrzymać okrzyku podniecenia, jednak zapytany pokręciłem przecząco głową i poprosiłem, żeby panna Martin nie przerywała sobie.

– Jak już mówiłam, odbieram te listy, mam jednak polecenie, żeby ich nie otwierać, tylko wręczać panu Rylandowi do rąk własnych. Zawsze wypełniałam to polecenie. Dzisiaj rano dostałam mnóstwo poczty i musiałam otwierać listy bardzo szybko. Przez pomyłkę otworzyłam też jeden z tych. Kiedy się zorientowałam, co się stało, natychmiast poszłam do pana Rylanda i wyjaśniłam mu wszystko. On zaś, ku mojemu bezgranicznemu zdumieniu, wpadł we wściekłość. Byłam naprawdę przerażona.

– Jestem ciekaw, co takiego było w tym liście. Musi istnieć powód, dla którego tak się zdenerwował.

– Nie było tam nic nadzwyczajnego. Właśnie to jest najdziwniejsze. Zanim odkryłam swoją pomyłkę, przeczytałam list. Był bardzo krótki. Pamiętam każde słowo. Nie było tam nic, co mogłoby dać powód do zdenerwowania.

– Mówi pani, że byłaby w stanie powtórzyć list słowo w słowo?

– Tak. – Przez chwilę milczała, po czym zaczęła powoli recytować: – „Szanowny Panie! Bardzo pilnie, jak Pan wie, musimy uzgodnić warunki i porozmawiać, gdyż zamierzam sprzedać kamieniołomy. Nadal obowiązuje punkt siedemnasty naszej umowy. Pozycja jedenasta powinna zawierać punkt czwarty. Z poważaniem Arthur Leversham". – Panna Martin mówiła dalej: – Widocznie chodzi tu o jakąś nieruchomość, którą kupuje pan Ryland. Jestem zdania, że człowiek, który wpada we wściekłość z tak błahego powodu, jest niebezpieczny. Jak pan sądzi, majorze Neville, co powinnam zrobić? Jest pan człowiekiem bardziej ode mnie doświadczonym.

Starałem się uspokoić dziewczynę. Powiedziałem, że pan Ryland widocznie cierpi na chorobę typową dla ludzi tego pokroju – niestrawność. Zanim się rozstaliśmy, panna Martin była w pogodniejszym nastroju. Ja jednak nie czułem się usatysfakcjonowany. Gdy tylko zostałem sam, wyjąłem notes i zapisałem słowa listu. Jakie znaczenie może mieć ta, z pozoru niewinna, informacja? Może chodzi o jakąś umowę, którą pan Ryland zamierza podpisać i do ostatniej chwili pragnie utrzymać to w tajemnicy? Takie wyjaśnienie wydało mi się do przyjęcia. Przypomniałem sobie jednak małą czwórkę, którą znaczono koperty, i poczułem, że wreszcie znalazłem coś, czego od początku szukałem.

Męczyłem się nad listem cały wieczór i prawie cały następny dzień, aż wreszcie wpadłem na właściwe rozwiązanie. Kluczem była liczba cztery. Kiedy przeczytałem co czwarte słowo, otrzymałem całkiem nową informację:

Pilnie musimy porozmawiać, kamieniołomy, siedemnasty, jedenasta, czwarty.

Bez trudu wyjaśniłem znaczenie liczb. Siedemnasty oznaczał siedemnasty października (czyli dzień następny), jedenasta – godzinę, a czwarty – tajemniczy Numer Czwarty albo znak Wielkiej Czwórki. Nie miałem też wątpliwości co do kamieniołomów. Na terenie posiadłości, w odległości około kilometra od domu, znajdowały się od dawna nieużywane kamieniołomy. Było to miejsce odludne, doskonale nadające się na potajemne spotkanie.

Przez chwilę chciałem pójść na to spotkanie sam. Wreszcie mógłbym pokazać, co potrafię, i zatriumfować nad Poirotem. Zrezygnowałem jednak z tego pomysłu. Gra szła o wielką stawkę, nie miałem prawa zmniejszać szansy naszego zwycięstwa, grając na własną rękę. Pierwszy raz udało nam się poznać z wyprzedzeniem zamiary wroga. Musieliśmy to dobrze wykorzystać, a – cokolwiek by mówić – Poirot miał sprawniejszy umysł niż ja.

Napisałem więc do niego list, w którym wyłożyłem wszystkie fakty i wyjaśniłem, że bardzo ważne jest, byśmy się dowiedzieli, czego będzie dotyczyło spotkanie. Jeśli Poirot postanowi pozostawić tę sprawę mnie, to dobrze, ale na wypadek gdyby chciał przybyć tu osobiście, opisałem drogę ze stacji do kamieniołomów.

Poszedłem z listem do miasta i osobiście go wysłałem. Miałem pozwolenie na utrzymywanie pisemnego kontaktu z Poirotem, ustaliliśmy jednak, że jeśli ktoś zacznie czytać moją korespondencję, nie będziemy do siebie pisywali.

Nazajutrz z trudem panowałem nad emocjami. Nie mieliśmy w domu żadnych gości. Popołudnie spędziłem z panem Rylandem w jego gabinecie. Spodziewałem się takiego obrotu sprawy, toteż nie obiecywałem Poirotowi, że wyjdę po niego na stację. Byłem pewien, że skończymy pracę przed jedenastą wieczorem.

Rzeczywiście, tuż po dwudziestej drugiej trzydzieści pan Ryland spojrzał na zegarek i oświadczył, że na dzisiaj skończył. Po cichu wyszedłem z gabinetu. Udałem się na górę, jakbym chciał położyć się spać, w rzeczywistości jednak zszedłem na dół bocznymi schodami i wymknąłem się do ogrodu. Przezornie włożyłem czarny płaszcz, żeby zasłonić kołnierz białej koszuli.

Po chwili obejrzałem się odruchowo. Pan Ryland pojawił się właśnie w drzwiach gabinetu wychodzących prosto do ogrodu. Wybierał się na umówione spotkanie. Przybyłem do kamieniołomów zdyszany. Nikogo nie zauważyłem. Po cichu zakradłem się do kępy krzewów i ukryłem tam, by zobaczyć, co się będzie działo.

Dziesięć minut później, równo z wybiciem jedenastej, pojawił się Ryland w kapeluszu naciśniętym na oczy i z nieodłącznym cygarem w ustach. Rozejrzał się wkoło, po czym zszedł w jedno z zagłębień na terenie kamieniołomów. Po chwili dobiegł mnie szmer głosów. Widocznie już wcześniej na miejsce spotkania przyszedł jakiś mężczyzna bądź kilku mężczyzn. Wyszedłem ze swojej kryjówki i bardzo powoli, starając się nie robić hałasu, zacząłem schodzić w dół wąską ścieżką. Po kilku minutach od rozmawiających mężczyzn dzielił mnie już tylko wielki głaz. Czując się bezpiecznie w panujących ciemnościach, wychyliłem głowę, żeby się nieco rozejrzeć w sytuacji, ale zobaczyłem tylko lufę groźnego czarnego pistoletu.

– Ręce do góry! – rzucił krótko pan Ryland. – Czekałem na pana.

Krył się w cieniu kamienia tak, że nie widziałem jego twarzy, ale w głosie słychać było groźbę. Po chwili poczułem na karku dotknięcie zimnej stali. Ryland opuścił swój pistolet.

– Dobrze, George – powiedział z amerykańskim akcentem Ryland. – Przyprowadź go tutaj.

Kipiała we mnie wściekłość, kiedy zmuszono mnie do przejścia na drugą stronę głazu, gdzie George (podejrzewałem, że jest to zawsze grzeczny Deaves) zakneblował mnie i związał.

Ryland znów odezwał się tonem, który wydał mi się obcy, gdyż brzmiała w nim lodowata nienawiść:

– To będzie wasz koniec. Zbyt wiele razy próbowaliście przeszkodzić Wielkiej Czwórce. Słyszałeś kiedyś o obsunięciu się ziemi? Coś podobnego zdarzyło się tutaj dwa lata temu. Dzisiaj znów do tego dojdzie, już ja tego dopilnuję. Widzę, że twój przyjaciel nie jest punktualny.

Ogarnęła mnie panika. Poirot! Za chwilę wpadnie w zastawioną pułapkę, a ja nie będę mógł temu zapobiec. Teraz mogłem się tylko modlić, żeby zostawił tę sprawę w moich rękach i nie ruszał się z Londynu. Gdyby miał zamiar tu przybyć, nie spóźniłby się przecież.

Moje nadzieje rosły z każdą minutą.

Nagle znów ogarnęła mnie rozpacz. Usłyszałem, że ktoś ostrożnie nadchodzi ścieżką. Nie mogłem nic zrobić. Kroki były coraz bliższe, aż wreszcie zobaczyłem Poirota przechylającego głowę i wpatrującego się w ciemności.

Ryland krzyknął z zadowoleniem, poderwał się na równe nogi, uniósł pistolet i rozkazał:

– Ręce do góry!

W tej samej chwili do Poirota przyskoczył Deaves i pociągnął go w cień. Zasadzka się udała.

– Miło pana spotkać, detektywie Poirot – powiedział ponurym głosem Amerykanin.

Poirot nie stracił zimnej krwi. Nawet nie drgnął. Wpatrywał się w mrok.

– A mój przyjaciel? Czy jest tutaj?

– Tak. Obaj wpadliście w pułapkę zastawioną przez Wielką Czwórkę – oświadczył ze śmiechem Ryland.

– W pułapkę? – spytał Poirot.

– Czyż nie?

– Rozumiem, że to pułapka... Tak – oznajmił spokojnie Poirot. – Jednak jest pan w błędzie. To pan w nią wpadł, a nie ja.

– Co? – Ryland uniósł pistolet. Zauważyłem, że ręka mu drży.

– Jeśli pan strzeli, na oczach dziesięciu osób popełni pan morderstwo. Powieszą pana za to. Kamieniołomy od godziny są otoczone przez ludzi ze Scotland Yardu. Szach i mat, panie Ryland.

Poirot zagwizdał i nagle w kamieniołomach zaroiło się od ludzi. Ryland i lokaj zostali pojmani i rozbrojeni. Poirot zamienił kilka słów z oficerem, po czym wziął mnie pod ramię i poprowadził w górę.

Kiedy wyszliśmy z kamieniołomów, przyjaciel serdecznie mnie uścisnął.

– Jesteś cały i zdrowy! To cudownie! Trochę żałowałem, że cię tu wysłałem.

– Nic mi nie jest – powiedziałem, uwalniając się z uścisku – ale nic z tego nie rozumiem. Nie udało nam się wyprowadzić ich w pole.

– Na to właśnie liczyłem! Z tego powodu przysłałem cię tutaj! Fałszywe nazwisko, przebranie... Ani przez chwilę nie sądziłem, że wyprowadzę ich w pole.

– Słucham?! – zawołałem. – Nic mi o tym nie mówiłeś.

– Często powtarzam, Hastings, iż masz naturę tak piękną i szczerą, że jeśli sam nie zostaniesz wprowadzony w błąd, nie umiesz oszukać innych. Rozszyfrowali cię już na początku i zrobili to, na co liczyłem: ten, kto używa szarych komórek zgodnie z ich przeznaczeniem, mógł być tego pewny. Potraktowali cię jak przynętę. Nasłali na ciebie dziewczynę... Nawiasem mówiąc, *mon ami*, chciałbym wiedzieć, czy ona miała rude włosy.

– Jeśli masz na myśli pannę Martin – rzekłem urażony – to jej włosy mają lekko kasztanowy odcień, ale...

– Ci ludzie są *épatants**! Zgłębili twoją psychikę. Tak, tak, przyjacielu. Panna Martin wiedziała o wszystkim. Powtórzyła ci treść listu i powiedziała, że pan Ryland wpadł we wściekłość, ty zapisałeś przekazane słowa, łamałeś sobie nad nimi głowę... Szyfr został sprytnie dobrany. Był trudny, ale nie za bardzo. Złamałeś go i mnie zawiadomiłeś. Jednak nasi przeciwnicy nie wiedzieli, że na to właśnie czekam. Natychmiast udałem się do inspektora Jappa i poczyniłem potrzebne przygotowania. Wszystko udało się jak najlepiej!

Ja jednak nie byłem tym wszystkim zachwycony i powiedziałem o tym Poirotowi.

---

* *épatants* (fr.) – zdumiewający

Pierwszym porannym pociągiem wróciliśmy do Londynu. Podróż była bardzo nieprzyjemna.

Wyszedłem właśnie z kąpieli i oddawałem się miłym rozmyślaniom o smacznym śniadaniu, kiedy usłyszałem w salonie głos Jappa. Narzuciłem na siebie szlafrok i poszedłem dowiedzieć się, co się stało.

– Tym razem wpakował nas pan w niezłą kabałę – oświadczył Japp. – Nieładnie, panie Poirot. Dotąd coś podobnego jeszcze się panu nie zdarzyło.

Poirot był zdumiony.

– Pomyśleć tylko – kontynuował inspektor – że poważnie potraktowaliśmy to gadanie o Czarnej Łapie... podczas gdy w rzeczywistości był to służący.

– Służący? – spytałem zdumiony.

– Tak. James czy jak mu tam na imię. Założył się ze służbą, że pan, kapitanie Hastings, chwyci jego przynętę i uwierzy w bajkę o gangu zwanym Wielką Czwórką.

– Niemożliwe! – zaprotestowałem.

– Niech pan posłucha! Kiedy zaprowadziłem naszego dżentelmena do Hatton Chase, prawdziwy Ryland smacznie spał, a lokaj, kucharka i cała reszta służby była gotowa przysięgać, że chodziło o zakład. Zażartowali sobie z pana.

– Więc dlatego trzymał się w cieniu – mruknął pod nosem Poirot.

Po wyjściu Jappa spojrzeliśmy sobie w oczy.

– My wiemy, Hastings – odezwał się po chwili Poirot – że Numerem Drugim w Wielkiej Czwórce jest Abe Ryland. Służący przebrał się na wszelki wypadek, aby zapewnić panu bezpieczeństwo, gdyby coś się nie powiodło. Jeśli chodzi o tego służącego...

– Tak? – szepnąłem.

– To był Numer Czwarty – powiedział z powagą Poirot.

ROZDZIAŁ 9

Tajemnica żółtego jaśminu

Poirot mógł sobie mówić, że cały czas zbieramy informacje i coraz lepiej poznajemy przeciwnika, ale ja potrzebowałem bardziej namacalnego sukcesu.

Od kiedy zaczęliśmy się zajmować Wielką Czwórką, organizacja ta popełniła dwa morderstwa i porwała Hallidaya. Niewiele brakowało, a obaj z Poirotem postradalibyśmy życie. My natomiast nie osiągnęliśmy nic.

Poirot nie przejmował się moimi uwagami.

– Jak dotąd, Hastings, oni są górą. Macie jednak takie przysłowie: ten się śmieje, kto się śmieje ostatni. Zobaczysz, *mon ami*, jaki będzie koniec – powiedział, a po chwili dodał: – Nie wolno ci zapominać, że w tym wypadku nie mamy do czynienia ze zwykłym przestępcą, lecz z drugim w kolejności największym umysłem świata.

Nie zamierzałem urazić jego dumy pytaniem o to, kto jest pierwszy. Doskonale znałem odpowiedź – przynajmniej tę, której udzieliłby mi Poirot – zamiast więc wdawać się w próżną dyskusję, spytałem, jakie kroki chce teraz podjąć, ale niczego się nie dowiedziałem. Poirot, jak zwykle, trzymał wszystko w tajemnicy, z różnych półsłówek domyśliłem się jednak, że jest w kontakcie z tajnymi agentami w Indiach, Chinach i Rosji, a rzucane od czasu do czasu pod własnym adresem pochwały pozwalały sądzić, że mój przyjaciel robi postępy w swojej ulubionej zabawie – poznawaniu umysłu przeciwnika.

Prawie całkowicie zrezygnował z innych spraw. Wiem, że odrzucił w tym czasie niejedną szansę na spory zarobek. Od czasu do czasu zajmował się wprawdzie sprawą, która go interesowała, ale gdy tylko zdobył pewność, że nie ma ona nic wspólnego z Wielką Czwórką, rezygnował. Najwięcej skorzystał na tym nasz przyjaciel inspektor Japp. Zyskał sporą sławę, gdyż udało mu się rozwiązać kilka skomplikowanych problemów, co stało się możliwe dzięki wskazówkom, jakich udzielił mu Poirot.

W zamian Japp informował Poirota o sprawach, które mogły zainteresować małego Belga. Zadzwonił do mojego przyjaciela, kiedy powierzono mu śledztwo w sprawie morderstwa, które prasa nazwała tajemnicą żółtego jaśminu, i spytał, czy Poirot nie zechciałby rozwikłać tej zagadki.

W wyniku tego telefonu, miesiąc po przygodzie w domu Abe'a Rylanda, siedzieliśmy w pociągu przenoszącym nas z zakurzonego Londynu ku niewielkiemu miasteczku Market Handford w Worcestershire, gdzie rozegrała się tajemnicza tragedia.

Poirot wcisnął się w sam kąt przedziału.

– Jakie jest twoje zdanie w tej sprawie, Hastings?

Przez chwilę milczałem. Czułem, że muszę mówić z wielką ostrożnością.

– Sprawa robi wrażenie niezwykle skomplikowanej – odparłem.

– Zgadzam się z tobą – przytaknął zadowolony Poirot.

– Biorąc pod uwagę fakt, że w wielkim pośpiechu wyjeżdżamy z Londynu, domyślam się, iż twoim zdaniem pan Paynter został zamordowany i nie wchodzi tu w grę ani samobójstwo, ani wypadek.

– Ależ nie, Hastings, źle mnie zrozumiałeś. Nawet gdyby pan Paynter zmarł na skutek jakiegoś straszliwego wypadku, i tak należy wyjaśnić kilka tajemniczych faktów.

– To właśnie miałem na myśli, mówiąc, że sprawa jest bardzo skomplikowana.

– Spokojnie i metodycznie przypomnijmy teraz najistotniejsze fakty. Przedstaw mi je w uporządkowanej, jasnej formie.

Zacząłem mówić, starając się zachować w swojej wypowiedzi jak największy porządek.

– Zaczniemy – powiedziałem – od pana Payntera. Miał pięćdziesiąt pięć lat, był bogaty, kulturalny i cieszył się opinią obieżyświata. W ciągu ostatnich dwunastu lat rzadko bywał w Anglii, ale nagle nieustanne podróże go zmęczyły, kupił więc niewielką posiadłość w Worcestershire, niedaleko Market Handford, i postanowił tam osiąść. Napisał list do jedynego krewnego, jakiego miał, Geralda Payntera, syna swego młodszego brata, i poprosił młodego człowieka, żeby zamieszkał razem ze stryjem w Croftlands, bo tak nazywa się posiadłość. Gerald Paynter, ubogi młody artysta, z radością przyjął tę propozycję. Mieszkał ze stryjem siedem miesięcy, zanim doszło do tragedii.

– Świetnie opowiadasz – mruknął pod nosem Poirot. – Ma się wrażenie, że czytasz książkę.

Nie zwracając uwagi na Poirota, kontynuowałem:

– Pan Paynter miał w Croftlands sporo służby: sześć osób i osobistego służącego Ah Linga.

– Chiński służący Ah Ling – rzekł cicho Poirot.

– W miniony wtorek pan Paynter po obiedzie poczuł się słabo. Jednego ze służących wysłano po lekarza. Pan Paynter czekał na niego w gabinecie, nie chciał bowiem położyć się do łóżka. Nikt nie wiedział, o czym mówili, ale doktor Quentin przed odejściem chciał rozmawiać z gospodynią. Powiedział jej, że dał panu Paynterowi podskórny zastrzyk, gdyż serce pacjenta jest słabe. Kazał zapewnić panu Paynterowi spokój, po czym zaczął zadawać dziwne pytania dotyczące służby: jak długo poszczególni ludzie tu pracują, skąd pochodzą i tym podobne. Gospodyni powiedziała lekarzowi wszystko, co wiedziała, ale była zdziwiona nieoczekiwanym zainteresowaniem domownikami pana Payntera. Straszliwego odkrycia dokonano nazajutrz rano. Jedna z pokojówek, schodząc na dół, poczuła odrażający odór palącego się ciała dochodzący z gabinetu pracodawcy. Próbowała otworzyć drzwi, ale były zamknięte od wewnątrz. Z pomocą Geralda Payntera i Chińczyka szybko wyważyła drzwi. To, co we trójkę zobaczyli, było przerażające. Pan Paynter upadł na gazową lampkę. Jego głowa była zupełnie spalona.

Przerwałem na moment, po chwili jednak zacząłem mówić dalej:

– Na początku nikt nie miał żadnych podejrzeń. Wszyscy sądzili, że śmierć pana Payntera była skutkiem tragicznego wypadku. Gdyby chcieć kogoś oskarżać, można by mieć pretensje do doktora Quentina, który podał pacjentowi narkotyk i zostawił go w niebezpiecznym miejscu. Później dokonano ciekawego odkrycia. Na podłodze leżała gazeta. Najwidoczniej zsunęła się z kolan starszego pana. Kiedy ją podniesiono, dostrzeżono umieszczony w poprzek kartki napis. Stolik do pisania stał niedaleko krzesła, na którym siedział pan Paynter, a palec wskazujący prawej ręki zmarłego pobrudzony był atramentem. Dla wszystkich było jasne, że pan Paynter, nie mając siły utrzymać w ręce pióra, zanurzył palec w kałamarzu i napisał na gazecie, którą trzymał na kolanach, dwa słowa, które wydają się nie mieć żadnego znaczenia: żółty jaśmin. Tylko tyle. Ściany domu Croftlands porasta żółty jaśmin. Sądzono, że starszy pan napisał to tuż przed śmiercią, nie zdając sobie sprawy z tego, co robi. Oczywiście gazety, chciwie rzucające się na wszystko, co wykracza poza codzienność, natychmiast podchwyciły temat i tragedię domu Croftlands nazwały tajemnicą żółtego jaśminu. Wszystko wskazuje jednak na to, że słowa umierającego nie mają żadnego znaczenia.

– Mówisz, że są bez znaczenia? – spytał Poirot. – Skoro tak mówisz, widocznie tak jest.

– Potem – kontynuowałem – odbyła się rozprawa przed koronerem.

– Poznaję po twojej minie, że za chwilę powiesz coś interesującego.

– Niektórzy ludzie podejrzliwie patrzyli na doktora Quentina. Głównie dlatego, że nie jest on miejscowym lekarzem, tylko zastępcą. Miał zapewnić opiekę pacjentom doktora Bolitho, który wyjechał na zasłużony urlop. Uważano też, że to nieostrożność doktora przyczyniła się bezpośrednio do śmierci pana Payntera. Jednak zeznania lekarza wzbudziły wielką sensację. Od chwili zamieszkania w Croftlands pan Paynter nie czuł się dobrze. Doktor Bolitho bywał tam wzywany, ale dopiero doktora Quentina zaniepokoiły pewne objawy. Kiedy wezwano go do pana Payntera po nieszczęsnym obiedzie, widział swojego pacjenta drugi raz. Gdy tylko zostali sami, pacjent opowiedział lekarzowi zadziwiającą historię. Wyjawił, że wcale nie czuje się źle, tylko zdziwił go smak podanej na stół potrawki w sosie curry. Pan Paynter pod jakimś pozorem odprawił na chwilę Ah Linga, przełożył zawartość swojego talerza do słoika, który następnie przekazał lekarzowi, polecając sprawdzić, czy z jedzeniem rzeczywiście coś jest nie w porządku. Pacjent zapewniał wprawdzie, że czuje się dobrze, ale lekarz widział, że zdenerwowanie oraz podejrzenia zrobiły swoje i że serce pana Payntera jest przemęczone. Z tego powodu dał mu zastrzyk. Nie był to narkotyk, lecz strychnina, która w małej dawce pobudza krążenie. Na tym sprawa się kończy. Można jeszcze dodać, że niedojedzona potrawka w sosie curry, jak okazało się po wykonaniu badań, rzeczywiście zawierała dawkę opium zdolną zabić nawet dwóch mężczyzn.

Skończyłem opowiadanie.

– Jakie są twoje wnioski, Hastings? – spytał spokojnie Poirot.

– Trudno powiedzieć. Śmierć rzeczywiście mogła nastąpić w wyniku wypadku, do którego doszło w nocy po dniu, kiedy ktoś usiłował otruć Payntera.

– Chyba w to nie wierzysz? Wolałbyś, żeby to było morderstwo!

– A ty?

– *Mon ami*, nasze myśli chodzą różnymi drogami. Ja nawet nie próbuję odpowiadać na pytanie: morderstwo czy wypadek. To stanie się jasne, kiedy rozwiążemy inny problem: tajemnicę żółtego jaśminu. Nawiasem mówiąc, pominąłeś pewien szczegół.

– Chodzi ci o dwie linie przecinające się pod kątem prostym, które znajdowały się pod tymi słowami? Nie sądziłem, że mogą one mieć jakiekolwiek znaczenie.

– To, co sądzisz, Hastings, zawsze jest dla ciebie niezmiernie ważne. Przejdźmy tymczasem do porządku nad tajemnicą żółtego jaśminu i zajmijmy się tajemnicą sosu curry.

– Wiem. Kto go zatruł? Dlaczego? W tej sprawie mamy setki pytań. Jedzenie przygotował Ah Ling. Dlaczego miałby zabijać swojego pracodawcę? Czyżby był członkiem jakiegoś stowarzyszenia albo czegoś podobnego? Czasem słyszy się o takich rzeczach. Może stowarzyszenie nazywało się Żółty Jaśmin? Jest też Gerald Paynter. – Gwałtownie zamilkłem.

– Tak – przyznał Poirot, kiwając głową. – Jak powiedziałeś, jest też Gerald Paynter. To on dziedziczy po stryju. Ale tego wieczoru nie było go w domu.

– Może zatruł coś, co wchodziło w skład sosu curry? – rozważałem na głos. – Specjalnie wyszedł z domu, żeby nie zjeść zatrutego dania.

Odniosłem wrażenie, że zaskoczyłem Poirota logiką rozumowania, gdyż popatrzył na mnie z podziwem.

– Wrócił w nocy – snułem dalej swoje rozważania – zobaczył światło w gabinecie stryja, wszedł do niego, a przekonawszy się, że jego plan się nie powiódł, przytrzymał głowę starszego pana w ogniu.

– Pan Paynter był pięćdziesięciopięcioletnim silnym mężczyzną i nie dałby się spalić bez walki, Hastings. To niemożliwe.

– No, Poirot – zawołałem – masz coś na końcu języka! Powiedzże wreszcie, co myślisz!

Poirot uśmiechnął się, wypiął pierś i zaczął mówić napuszonym tonem:

– Jeśli założymy, że popełniono morderstwo, rodzi się pytanie, dlaczego wybrano ten sposób. Do głowy przychodzi mi tylko jedna odpowiedź: twarz spalono po to, żeby utrudnić rozpoznanie ofiary.

– Co?! – krzyknąłem z niedowierzaniem. – Uważasz...

– Cierpliwości, Hastings. Chciałem tylko powiedzieć, że rozważałem taką możliwość. Czy mamy podstawy sądzić, że ciało nie należy do pana Payntera? Czy mogą to być zwłoki innego mężczyzny? Zastanawiałem się nad tym, ale nie sądzę, żeby było to możliwe.

– Ooo! – jęknąłem rozczarowany. – Co dalej?

Poirot zamrugał oczami.

– Potem powiedziałem sobie: „Skoro jest coś, czego nie rozumiem, powinienem rozwiązać tę zagadkę. Nie mogę poświęcać całego czasu Wielkiej Czwórce". Ach, dojeżdżamy na miejsce. Moja mała szczotka do ubrania... Gdzie się chowa? Jest tutaj. Bądź tak dobry, przyjacielu, i oczyść moje ubranie. Potem ja wyświadczę ci taką samą przysługę. Tak – powiedział po chwili zamyślony, odkładając szczotkę na miejsce – nie można się ograniczać do jednej sprawy. To niebezpieczne. Wyobraź sobie, przyjacielu, że nawet w tajemnicy żółtego jaśminu jestem skłonny dopatrywać się działania Wielkiej Czwórki. Dwie linie przecinające się pod kątem prostym mogą przecież być częścią cyfry cztery.

– Dobry Boże, Poirot! – zawołałem, śmiejąc się.

– To absurdalne, prawda? Wszędzie widzę rękę Wielkiej Czwórki. Dobrze, że zdecydowałem się przenieść chwilowo w inne *milieu**. Ach, widzę, że Japp na nas czeka.

---

* *milieu* (fr.) – środowisko

ROZDZIAŁ 10

Śledztwo w Croftlands

Rzeczywiście, na peronie czekał inspektor Scotland Yardu. Przywitał nas niezwykle serdecznie.

– Bardzo się cieszę, panie Poirot. Byłem pewien, że zainteresuje się pan tą sprawą. Bardzo tajemnicza historia.

Ze słów Jappa domyśliłem się, że inspektor czuje się zagubiony i liczy, że Poirot udzieli mu jakiejś wskazówki.

Przed stacją czekał na nas samochód. Pojechaliśmy prosto do Croftlands. Dom był kwadratowy, prosty, biały, porośnięty pnączami, wśród których przeważał żółty jaśmin. Japp zauważył, że przyglądam się ścianom.

– Musiało mu się pomieszać w głowie, biednemu staruszkowi – stwierdził. – Może miał halucynacje i kiedy to pisał, wydawało mu się, że jest w ogrodzie?

Poirot uśmiechnął się szeroko.

– Jak pan sądzi, Japp, czy to było morderstwo, czy wypadek?

Inspektor zmieszał się, słysząc to pytanie.

– Gdyby nie ta historia z sosem curry, byłbym przekonany, że to zwykły wypadek. Utrzymanie głowy żywego człowieka w ogniu jest rzeczą niemożliwą. Krzyczałby tak, że poderwałby na równe nogi wszystkich domowników.

– Oczywiście! – przyznał Poirot. – Byłem głupcem. Niepoprawnym głupcem! Pan jest sprytniejszy ode mnie, Japp.

Ten nieoczekiwany komplement bardzo speszył inspektora, gdyż Poirot zazwyczaj bezwstydnie wychwalał własną mądrość. Policjant zaczerwienił się i bąknął, że w tej sprawie jest mnóstwo niejasności.

Zaprowadził nas do pokoju, w którym doszło do tragedii – do gabinetu pana Payntera. Było to pomieszczenie wysokie i przestronne. Przy wszystkich ścianach znajdowały się szafy z książkami. Stało tu też kilka wygodnych foteli.

Poirot spojrzał na drzwi balkonowe wychodzące na taras.

– Czy te drzwi były zamknięte? – spytał.

– Bardzo trudno to ustalić. Lekarz, wychodząc z gabinetu, zamknął za sobą drzwi na korytarz. Nazajutrz rano były zamknięte na klucz. Kto go przekręcił? Pan Paynter? Ah Ling twierdzi, że drzwi na balkon były zamknięte i zaryglowane. Doktor Quentin natomiast zeznał, że były wprawdzie zamknięte, ale tylko na klamkę, chociaż nie ma co do tego pewności. Szkoda, bo bardzo by mi to pomogło. Jeśli ten człowiek został zamordowany, ktoś musiał wejść do gabinetu albo z korytarza, albo przez taras. Jeśli wszedł z korytarza, był to ktoś z domowników. Przez taras mógł wejść ktoś obcy. Kiedy już wyłamano drzwi, natychmiast otworzono wejście na balkon. Pokojówka, która to zrobiła, twierdzi, że raczej nie było zaryglowane, ale nie można jej wierzyć. O cokolwiek ją pytam, prawie zawsze odpowiada twierdząco.

– A co z kluczem?

– Ta sama historia. Leżał na podłodze wśród kawałków wyłamanych drzwi. Mógł wypaść z dziurki, ale mógł go też podrzucić ktoś, kto wszedł do pokoju. Równie dobrze mógł zostać wsunięty pod drzwi.

– Wszystko jest możliwe.

– Ma pan rację, panie Poirot. Tak się sprawy mają.

Poirot rozglądał się po pokoju. Na jego twarzy malowało się niezadowolenie.

– Nie widzę światła – mruknął do siebie. – Chociaż... tak, to jest jakiś promień, ale wszystko znów stało się ciemnością. Brakuje mi najważniejszego, czyli motywu.

– Młody Gerald Paynter miał powód, żeby to zrobić – powiedział ponuro Japp. – Zapewniam pana, że swego czasu popełnił niejedno szaleństwo. Jest ekstrawagancki. Wie pan, jacy są artyści: pozbawieni moralności.

Poirot nie słuchał rozważań Jappa na temat niemoralnego prowadzenia się artystów. Uśmiechał się pod wąsem.

– Ależ, Japp, czyżby pan próbował zamydlić mi oczy? Dobrze wiem, że podejrzewa pan Chińczyka, ale jest pan podstępny. Chce pan, żebym mu pomógł, a jednocześnie wskazuje mi fałszywy trop.

Japp wybuchnął śmiechem.

– To cały pan, Poirot! Przyznaję, że nie ufam Chińczykowi. Jemu najłatwiej było zatruć sos curry, a skoro już raz spróbował zabić swojego pana, mógł ponowić próbę.

– Nie jestem tego pewien – powiedział Poirot.

– Nie widzę tylko powodu, dla którego ten poganin miałby to robić. Może chciał się zemścić?

– Nie jestem pewien – powtórzył Poirot. – Nie było kradzieży? Nic nie zginęło? Biżuteria, pieniądze, papiery?

– Nie... Chociaż jednak coś zniknęło.

Nastawiłem uszu. Poirot również okazał zainteresowanie.

– Nie można mówić o kradzieży – wyjaśnił Japp – ale starszy pan pisał jakąś książkę. Dowiedzieliśmy się o tym dzisiaj rano, ponieważ przyszedł list od wydawcy z prośbą o przesłanie rękopisu. Wygląda na to, że praca nad książką została ukończona. Razem z młodym Paynterem przeszukaliśmy cały dom, ale nigdzie nie znaleźliśmy rękopisu. Widocznie starszy pan gdzieś go schował.

W oczach Poirota pojawiło się znajome zielone światło.

– Jaki tytuł nosiła ta książka? – spytał.

– *Tajny władca Chin*, jeśli dobrze pamiętam.

– Aha! – wykrzyknął Poirot, a po chwili dodał: – Chciałbym się zobaczyć z Ah Lingiem.

Niebawem, szurając nogami, pojawił się Chińczyk z warkoczem. Oczy miał spuszczone. Na jego twarzy nie było widać śladu uczuć.

– Ah Ling – zwrócił się do niego Poirot – czy żal wam pracodawcy?

– Bardzo. Był dobrym panem.

– Wiecie, kto go zabił?

– Ja nie wiem. Kiedy ja wiem, powiem policji.

Poirot miał do niego wiele pytań. Ah Ling odpowiadał z nieprzeniknionym wyrazem twarzy. Opowiedział, jak przygotował sos curry. Przyznał, że kucharka nie tykała tego posiłku. Zastanawiałem się, czy rozumie, jakie konsekwencje może mieć takie zeznanie. Upierał się, że wieczorem drzwi balkonowe były zaryglowane. Jeśli rano było otwarte, znaczy to, że pan je otworzył. W końcu Poirot pozwolił mu odejść.

– Dziękuję, Ah Ling.

Kiedy Chińczyk otworzył drzwi, Poirot poprosił go, żeby jeszcze wrócił.

– Nie wiecie nic o żółtym jaśminie?

– Nie. Dlaczego miałbym coś wiedzieć?

– A o znaku zrobionym pod tymi słowami?

Poirot pochylił się nagle i napisał coś na warstwie kurzu pod małym stolikiem. Stałem wystarczająco blisko, żeby zobaczyć, co to było, zanim starł napis: dwie linie przecinające się pod kątem prostym i trzecia zamykająca cyfrę cztery. W Chińczyka jakby piorun strzelił. Przez chwilę na jego twarzy malowało się przerażenie. Potem znów udało mu się przybrać wyraz doskonałej obojętności. Stwierdził, że nic nie wie, i wyszedł.

Japp poszedł poszukać młodego Payntera, zostaliśmy więc z Poirotem sami.

– Wielka Czwórka, Hastings! – zawołał Poirot. – Znowu Wielka Czwórka! Paynter wiele podróżował. W jego książce musiały się znaleźć ważne informacje dotyczące działalności Li Chang Yena, czyli Numeru Pierwszego, szefa Wielkiej Czwórki.

– Ale kto... jak...

– Ćśś... Idą tu!

Gerald Paynter okazał się sympatycznym, dość przystojnym młodzieńcem. Miał miękką ciemną brodę i dziwny krawat. Chętnie odpowiadał na pytania Poirota.

– Byłem na kolacji u naszych sąsiadów Wycherlych – wyjaśnił. – O której wróciłem do domu? Koło jedenastej. Miałem swój klucz. Cała służba już spała. Sądziłem, że stryj również leży w łóżku. Prawdę mówiąc, zdawało mi się, że widziałem w korytarzu tego skradającego się chińskiego żebraka Ah Linga, ale chyba mi się tylko przywidziało.

– Kiedy widział pan stryja po raz ostatni, panie Paynter? Chodzi mi o wcześniejszy okres, zanim pan z nim zamieszkał.

– Gdy miałem dziesięć lat. Potem stryj pokłócił się ze swoim bratem, a moim ojcem.

– Nie miał jednak trudności ze znalezieniem pana? To dziwne. Upłynęło przecież wiele lat.

– Rzeczywiście. Całe szczęście, że zobaczyłem to ogłoszenie.

Poirot nie miał więcej pytań.

Z Croftlands poszliśmy do doktora Quentina. Powtórzył to, co zeznał podczas rozprawy, i nie miał nic więcej do dodania. Przyjął nas w gabinecie. Wrócił właśnie z wizyt domowych. Sprawiał wrażenie człowieka inteligentnego. Miał nienaganne maniery, nosił binokle, byłem jednak przekonany, że stosuje nowoczesne metody leczenia.

– Żałuję, że nie pamiętam, czy drzwi balkonowe były zamknięte – powiedział szczerze – ale nie chcę puszczać wody fantazji. Trzeba mieć się na baczności. Człowiekowi wydaje się czasem, że pamięta coś, co nigdy się nie zdarzyło. Taka jest ludzka psychika. Prawda, panie Poirot? Jak pan widzi, czytałem o pańskich metodach i ma pan we mnie wielkiego wielbiciela. Jestem przekonany, że to Chińczyk dosypał opium do sosu curry, ale on nigdy się do tego nie przyzna, a my się nie dowiemy, dlaczego to zrobił. Jednak nie wydaje mi się, że byłby zdolny do czegoś tak okropnego, jak spalenie twarzy własnego pana.

Przypomniałem te słowa Poirotowi, kiedy znaleźliśmy się na głównej ulicy Market Handford.

– Jak sądzisz, czy Chińczyk mógł wpuścić do domu wspólnika? – spytałem. – Nawiasem mówiąc, mam nadzieję, że Japp nie spuści go z oka.

Inspektor właśnie poszedł załatwić jakąś sprawę na posterunku.

– Emisariusze Wielkiej Czwórki są bardzo energiczni – zauważyłem.

– Japp ma ich obu na oku – powiedział Poirot ponuro. – Od chwili znalezienia zwłok policja wie o każdym ich kroku.

– Dobrze, że wiemy, iż Gerald Paynter nie miał z tym nic wspólnego.

– Zawsze wiesz więcej niż ja, Hastings. Zaczyna mnie to męczyć.

– Ty stary lisie! – rzekłem ze śmiechem. – Nigdy nie chcesz wyraźnie powiedzieć, co masz na myśli.

– Szczerze mówiąc, Hastings, ta sprawa jest dla mnie jasna. Nie wiem tylko, co znaczą słowa „żółty jaśmin". Jestem skłonny zgodzić się z tobą, że nie mają one żadnego związku z morderstwem. W takich sprawach jak ta trzeba przede wszystkim ustalić, kto kłamie. Ja już wiem kto. A jednak...

Nagle skręcił w bok i wszedł do księgarni. Wrócił do mnie kilka minut później z paczką pod pachą. Po chwili dołączył do nas Japp i razem poszliśmy poszukać noclegu w zajeździe.

Nazajutrz zaspałem. Kiedy zszedłem do zarezerwowanego dla nas salonu, zastałem tam Poirota chodzącego niespokojnie po pokoju. Na jego twarzy malowała się rozpacz.

– Nie próbuj ze mną rozmawiać! – zawołał, machając ręką. – Najpierw muszę wiedzieć, czy udało się go aresztować. Ach! Zbyt mało zastanawiałem się nad charakterem bohaterów tej tragedii. Mówię ci, Hastings, że jeśli umierający człowiek coś pisze, to musi być coś ważnego. Wszyscy mówili: żółty jaśmin. Koło domu rośnie żółty jaśmin. To nic ważnego. Cóż to może znaczyć? Nic. Nic? Posłuchaj tylko.

Mówiąc to, wziął do ręki niewielką książeczkę.

– Pomyślałem, że dobrze będzie dowiedzieć się czegoś na ten temat. Co nazywamy żółtym jaśminem? Dowiedziałem się z tej książki. Posłuchaj: *„Gelsemii radix.* Korzeń żółtego jaśminu. Zawiera alkaloidy: gelseminę i gelsemicynę, które są truciznami przypominającymi w działaniu koniinę oraz strychninę. Gelsemina działa depresyjnie na ośrodkowy układ nerwowy, później poraża zakończenia nerwów motorycznych. Zastosowana w dużej dawce powoduje zawroty głowy i zmniejsza napięcie mięśni. Paraliż nerwów oddechowych prowadzić może nawet do śmierci". Rozumiesz, Hastings? Na samym początku, kiedy Japp powiedział, że nikt nie mógłby spalić w ogniu twarzy żywego człowieka, miałem przebłysk. Zrozumiałem, że spalono go po śmierci.

– Dlaczego? Po co?

– Gdybyś strzelił do martwego człowieka, dźgnął go nożem albo uderzył go w głowę, byłoby jasne, że rany te zostały zadane pośmiertnie. Jeśli jednak twarz została spalona na popiół, nikt nie szuka innej przyczyny śmierci. Jeśli udało mu się uniknąć otrucia podczas kolacji, nikt nie podejrzewa, że niedługo później otruto go bardziej skutecznie. Kto kłamie? To jest zawsze podstawowe pytanie. Uwierzyłem Ah Lingowi...

– Co?! – wykrzyknąłem.

– Jesteś zdziwiony, Hastings? Ah Ling, oczywiście, wie o istnieniu Wielkiej Czwórki. Jego reakcja świadczy jednak o tym, że nie domyślał się jej udziału w śmierci pana Payntera. Gdyby to on był zabójcą, zachowałby twarz pokerzysty. Postanowiłem uwierzyć Ah Lingowi i skupiłem swoje podejrzenia na osobie Geralda Payntera. Sądziłem, że Numer Czwarty bez trudności mógłby się podszyć pod bratanka, którego pan Paynter nie widział od lat.

– Słucham?! – zawołałem. – Numer Czwarty?

– Nie, Hastings. On nie jest Numerem Czwartym. Kiedy przeczytałem o żółtym jaśminie, dostrzegłem prawdę. Szczerze mówiąc, wszystko stało się jasne.

– Jak zawsze – rzuciłem złośliwie. – Niestety, nie dla mnie.

– Ponieważ nie korzystasz ze swoich małych szarych komórek. Kto miał dostęp do sosu curry?

– Ah Ling. Tylko on.

– Czyżby? A lekarz?

– Wtedy było już po wszystkim.

– Oczywiście, że nie. W sosie, który postawiono przed panem Paynterem, nie było śladu opium, jednak starszy pan, z którym doktor Quentin podzielił się wcześniej swoimi podejrzeniami, nie zjadł kolacji, tylko, zgodnie z wcześniejszą umową, oddał ją lekarzowi do zbadania. Doktor Quentin został wezwany, zabrał sos i dał panu Paynterowi zastrzyk. Powiedział, że to strychnina, ale w rzeczywistości podał mu zabójczą dawkę żółtego jaśminu. Kiedy trucizna zaczęła działać, wyszedł z gabinetu, ale najpierw otworzył sobie okno. W nocy wrócił, znalazł rękopis i włożył głowę pana Payntera do ognia. Nie zauważył gazety, która upadła na podłogę, gdyż zasłaniało ją ciało zmarłego. Paynter wiedział, jaką trucizną mu podano, i chciał napisać, że za jego śmierć odpowiedzialna jest Wielka Czwórka. Doktor Quentin mógł bez przeszkód dodać opium do sosu, po czym przesłał go do analizy. Policji opowiedział swoją wersję rozmowy ze starszym panem i wspomniał o zastrzyku ze strychniny na wypadek, gdyby ktoś zwrócił uwagę na ślad na skórze. Dzięki jego zeznaniom wszyscy sądzili, że śmierć pana Payntera była przypadkowa albo że zabił go Ah Ling, który wcześniej zatruł sos curry.

– Ale doktor Quentin nie może być Numerem Czwartym!

– Wygląda na to, że może. Z całą pewnością istnieje prawdziwy doktor Quentin, który najprawdopodobniej przebywa obecnie za granicą. Numer Czwarty wcielił się w niego. Wszystkich uzgodnień z doktorem Bolitho dokonano listownie, ponieważ lekarz, którego wcześniej prosił o zastępstwo, zachorował w ostatniej chwili.

Rozmowę przerwał inspektor Japp. Był bardzo czerwony na twarzy.

– Złapaliście go? – spytał niecierpliwie Poirot.

Japp, zziajany, pokręcił głową.

– Dzisiaj rano Bolitho wrócił z urlopu. Został wezwany telegraficznie. Nikt nie wie, kto po niego posłał. Ten drugi lekarz wyjechał w nocy, ale jeszcze go dopadniemy.

Poirot powoli pokręcił głową.

– Nie sądzę – powiedział i jakby bezwiednie nakreślił widelcem na stole wielką cyfrę cztery.

ROZDZIAŁ 11

Problem szachowy

Często jadaliśmy z Poirotem w niewielkiej restauracji w Soho. Pewnego wieczoru zauważyliśmy, że przy sąsiednim stoliku siedzi nasz przyjaciel inspektor Japp. Zaprosiliśmy go, żeby się do nas przysiadł. Od naszego ostatniego spotkania minęło sporo czasu.

– Nie odwiedzał nas pan ostatnio – powiedział z wyrzutem Poirot. – Nie widzieliśmy się od dnia, kiedy rozwiązywaliśmy tajemnicę żółtego jaśminu, a było to prawie miesiąc temu.

– Wszystko dlatego, że musiałem wyjechać na północ. Co słychać? Wielka Czwórka nadal górą, co?

Poirot pogroził mu palcem.

– Pan się ze mnie śmieje, ale Wielka Czwórka istnieje.

– W to nie wątpię, ale nie jest pępkiem świata, jak się panu wydaje.

– Przyjacielu, jest pan w błędzie. Wielka Czwórka to największa zła siła we współczesnym świecie. Nikt nie wie, do czego ci ludzie dążą, ale takiej organizacji przestępczej jeszcze nie było. Na jej czele stoją: najmądrzejszy człowiek w Chinach, amerykański milioner i francuska uczona. Jeśli chodzi o czwartego...

– Wiem, wiem – przerwał ten wywód inspektor. – Dostanie pan od tego wszystkiego bzika, panie Poirot. To zainteresowanie przybiera rozmiary prawdziwej manii. Może, dla odmiany, porozmawiamy o czymś innym? Czy interesują pana szachy?

– Owszem, grywałem w szachy.

– Słyszał pan o tym, co się stało wczoraj? Dwaj zawodnicy światowej sławy rozgrywali mecz, kiedy jeden z nich padł martwy.

– Widziałem wzmiankę w gazecie. Jednym z zawodników był doktor Sawaronow, mistrz Rosji. Drugim błyskotliwy młody Amerykanin Gilmour Wilson, który dostał ataku serca.

– Właśnie. Kilka lat temu Sawaronow pobił Rubinsteina i został mistrzem Rosji. Wilson zaś miał opinię drugiego po Capablance.

– Bardzo dziwne zdarzenie – mruknął Poirot pod nosem. – Jeśli się nie mylę, sprawa ta interesuje pana szczególnie?

Japp zaśmiał się z zażenowaniem.

– Trafił pan w dziesiątkę, Poirot. Jestem w kropce. Wilson był zdrowy jak dąb. Nie miał żadnych kłopotów z sercem. Trudno zrozumieć tę śmierć.

– Podejrzewa pan, że doktor Sawaronow usunął go z drogi? – spytałem zaskoczony.

– Raczej nie – odparł oschłym tonem Japp. – Sądzę, że nawet Rosjanin nie posunąłby się do morderstwa tylko po to, żeby nie przegrać w szachy. Poza tym z tego, co wiemy, ofiarą powinien był paść raczej on.

Poirot pokiwał głową. Był zamyślony.

– A więc, co chodzi panu po głowie? – spytał. – Dlaczego ktoś miałby otruć Wilsona? Zdaje się, że takie żywi pan podejrzenia?

– Oczywiście. Atak serca znaczy tylko tyle, że serce przestaje bić. Takie było oficjalne orzeczenie lekarza, chociaż jego prywatna opinia była mniej jednoznaczna.

– Kiedy otrzymacie wyniki sekcji?

– Jutro. Śmierć Wilsona była całkowicie nieoczekiwana. Wyglądał tak, jak zwykle. Upadł na twarz, gdy podniósł jeden z pionków, żeby wykonać ruch.

– Niewiele trucizn działa w taki sposób – zauważył Poirot.

– Wiem. Mam nadzieję, że wyniki sekcji wyjaśnią tę zagadkę. Chciałbym tylko wiedzieć, w jakim celu ktoś usunął Gilmoura Wilsona. Był nieszkodliwym, skromnym młodzieńcem. Przyjechał tu ze Stanów i nie wydaje się, żeby miał jakichś wrogów.

– Nie do wiary – mruknąłem.

– Bynajmniej – powiedział z uśmiechem Poirot. – Japp ma swoją teorię.

– Rzeczywiście, panie Poirot. Sądzę, że trucizna nie była przeznaczona dla Wilsona, tylko dla drugiego zawodnika.

– Sawaronowa?

– Tak. Na początku rewolucji Sawaronow naraził się bolszewikom. Chodziły nawet słuchy, że został zabity. Udało mu się jednak uciec. Przez trzy lata radził sobie jakoś na Syberii. Wycierpiał tyle, że zmienił się nie do poznania. Przyjaciele i krewni twierdzą, że to nie ten sam człowiek. Ma siwe włosy i twarz starca. Jest inwalidą i rzadko wychodzi z domu. Mieszka jedynie ze swoją siostrzenicą Sonią Dawiłow i z rosyjskim służącym w skromnym mieszkaniu niedaleko Westminsteru. Prawdopodobnie do dzisiaj boi się zemsty bolszewików. Nie chciał wyrazić zgody na te rozgrywki. Wielokrotnie odmawiał i dopiero kiedy gazety oskarżyły go o niesportowe zachowanie, zmienił decyzję. Gilmour Wilson ponawiał wyzwanie z prawdziwie jankeskim uporem i wreszcie dopiął swego. Rodzi się pytanie, panie Poirot: dlaczego Sawaronow nie chciał zagrać? Ponieważ wolał żyć w cieniu. Nie chciał, żeby ktoś przypomniał sobie o jego istnieniu. Moje zdanie jest takie, że Gilmour Wilson został sprzątnięty przez pomyłkę.

– Czy ktoś zyskałby na śmierci Sawaronowa?

– Sądzę, że jego siostrzenica. Ostatnio Sawaronow otrzymał wielkie pieniądze. Odziedziczył je po pani Kryłow, której mąż przed rewolucją był producentem cukru. Zdaje się, że tych dwoje było kochankami i pani Kryłow nigdy nie uwierzyła w śmierć doktora.

– Gdzie rozegrano mecz?

– W mieszkaniu Sawaronowa. Mówiłem przecież, że jest inwalidą.

– Ilu było kibiców?

– Kilkunastu.

Poirot się skrzywił.

– Biedny Japp. Czeka pana trudne zadanie.

– Gdy wreszcie otrzymam potwierdzenie, że Wilson został otruty, będę mógł kontynuować.

– Czy przyszło panu do głowy, że morderca może ponowić swoją próbę, jeśli pańskie domysły dotyczące Sawaronowa są prawdziwe?

– Oczywiście, że tak. Mieszkania Sawaronowa pilnuje dwóch ludzi.

– To rzeczywiście bardzo mu pomoże, jeśli odwiedzi go ktoś z bombą pod pachą – zauważył złośliwie Poirot.

– Widzę, że sprawa zaczyna pana interesować – powiedział Japp, mrugając do mnie. – Może zechciałby pan pojechać ze mną do kostnicy i zobaczyć ciało Wilsona, zanim zabiorą się do niego lekarze? Kto wie, może ma przekrzywiony krawat i to pomoże panu rozwikłać zagadkę?

– Drogi Japp, przez cały czas świerzbią mnie palce, żeby poprawić pański krawat, który jest przekrzywiony. Pozwoli pan? Ach, teraz wygląda pan o wiele lepiej. Jak najbardziej, jedźmy do kostnicy.

Nowa tajemnica całkowicie pochłonęła uwagę Poirota. Zaskoczyło mnie to, ponieważ od dawna nie interesował się niczym, co nie miało związku z Wielką Czwórką.

Było mi żal Amerykanina leżącego nieruchomo z wykrzywioną twarzą. Jego śmierć zdawała się zupełnie niepotrzebna. Poirot z uwagą obejrzał ciało. Nigdzie nie znalazł nic nadzwyczajnego z wyjątkiem małej ranki na lewej dłoni.

– Lekarz twierdzi, że to oparzenie – wyjaśnił Japp.

Teraz Poirot zainteresował się zawartością kieszeni zmarłego. Nie było tego wiele: chusteczka do nosa, klucze, zapisany notes i kilka nieważnych listów. Zainteresowanie Poirota obudził tylko jeden przedmiot.

– Figura szachowa! – zawołał. – Biały goniec. Czy on również był w kieszeni?

– Nie, zmarły trzymał go w dłoni. Trudno było rozchylić palce. Trzeba będzie zwrócić go doktorowi Sawaronowowi. To jedna z figur od pięknego kompletu z kości słoniowej.

– Pozwoli pan, że ja go zwrócę? To posłuży mi za pretekst do złożenia wizyty doktorowi.

– Aha! – zawołał Japp. – Chce pan zająć się tą sprawą?

– Przyznaję, że tak. Bardzo sprytnie podsycił pan we mnie zainteresowanie.

– Cieszę się. Oderwę pana od ponurych myśli. Widzę, że doktor Watson również jest zadowolony.

– Rzeczywiście – przyznałem ze śmiechem.

Poirot odwrócił się od ciała.

– Czy jest jeszcze coś, co chciałby mi pan powiedzieć?

– Chyba nie.

– Nie wspomniał pan, że zmarły był leworęczny.

– Z pana jest prawdziwy czarodziej, panie Poirot. Skąd pan wie? Rzeczywiście, był leworęczny. To jednak nie ma nic wspólnego z jego śmiercią.

– Nic wspólnego – potwierdził Poirot szybko, widząc, że Japp czuje się urażony. – To był z mojej strony maleńki żart, nic więcej. Wie pan przecież, że lubię się popisywać.

W rozmowie znów pojawiła się przyjacielska atmosfera.

Nazajutrz pojechaliśmy do doktora Sawaronowa.

– Sonia Dawiłow – mruknąłem pod nosem. – Piękne nazwisko.

Poirot spojrzał na mnie z rozpaczą.

– Wszędzie szukasz romantycznych bohaterek! Jesteś niepoprawny. Byłbym zadowolony, gdyby się okazało, że Sonia Dawiłow to nasza przyjaciółka i przeciwniczka hrabina Wiera Rosakow.

Zachmurzyłem się na wspomnienie hrabiny.

– Poirot, nie sądzisz chyba...

– Ależ nie, nie. Żartowałem! Wbrew temu, co mówi Japp, nie myślę tylko o Wielkiej Czwórce.

Drzwi mieszkania otworzył służący o twarzy nieruchomej niczym z kamienia. Trudno było sobie wyobrazić, że mogłyby się na niej malować jakieś uczucia.

Poirot podał wizytówkę, na której Japp napisał kilka słów z prośbą o udzielenie nam pomocy. Wprowadzono nas do niskiego, długiego pokoju, którego ściany ozdobione były cennymi kilimami. Wszędzie pełno było różnych osobliwości. Zwróciłem uwagę na kilka pięknych ikon i wspaniały perski dywan na podłodze. Na stoliku stał samowar.

Przyjrzałem się bliżej pewnej ikonie i odniosłem wrażenie, że jest bardzo cenna. Kiedy się odwróciłem, zobaczyłem Poirota klęczącego na podłodze. Dywan rzeczywiście był piękny, ale nie było potrzeby przyglądać mu się z bliska.

– Czyżby był aż tak wyjątkowy?

– Co? Ach, dywan! Nie, nie chodzi mi o dywan, chociaż rzeczywiście jest piękny. Zbyt piękny, żeby wbijać w niego gwóźdź. Nie, Hastings, gwoździa już nie ma, ale została dziurka.

Odwróciłem się, słysząc za plecami jakiś szmer. Poirot poderwał się na równe nogi. W drzwiach stała dziewczyna. Patrzyła na nas podejrzliwie. Była niewysoka, twarz miała piękną, choć ponurą, oczy ciemnoniebieskie, włosy czarne, krótko obcięte. Mówiła głębokim, gardłowym głosem z wyraźnym obcym akcentem.

– Obawiam się, że wuj nie będzie mógł panów przyjąć. Źle się czuje.

– Szkoda. Może pani zechce mi pomóc? Panna Dawiłow, prawda?

– Tak, jestem Sonia Dawiłow. Co chciałby pan wiedzieć?

– Prowadzę dochodzenie w sprawie tej smutnej śmierci, do której doszło przedwczoraj. Chodzi o pana Gilmoura Wilsona. Co może mi pani o nim powiedzieć?

Oczy dziewczyny zrobiły się okrągłe ze zdumienia.

– Zmarł na atak serca, grając w szachy.

– Policja nie ma pewności, czy rzeczywiście był to atak serca.

Na twarzy dziewczyny odmalowało się przerażenie.

– A więc to prawda! – zawołała. – Iwan miał rację.

– Kim jest Iwan? W jakiej sprawie miał rację?

– Iwan otworzył panom drzwi. Powiedział mi wcześniej, że jego zdaniem Gilmour Wilson nie umarł śmiercią naturalną, lecz został omyłkowo otruty.

– Omyłkowo?

– Tak, trucizna była przeznaczona dla mojego wuja.

Wcześniejsza nieufność zniknęła. Teraz dziewczyna rozmawiała z nami zupełnie swobodnie.

– Dlaczego pani tak sądzi? Kto miałby pragnąć śmierci doktora Sawaronowa?

Dziewczyna pokręciła głową.

– Nie wiem. Wuj nie ma do mnie zaufania. To chyba naturalne. Prawie się nie znamy. Widział mnie, kiedy byłam jeszcze małym dzieckiem. Potem spotkaliśmy się w Londynie.

Wiem jednak, że on się czegoś boi. W Rosji istnieje wiele tajnych stowarzyszeń. Pewnego dnia usłyszałam coś, co pozwala mi sądzić, że wuj boi się jednego z nich. Niech mi pan powie – poprosiła, podchodząc bliżej i zniżając głos – czy słyszał pan o stowarzyszeniu zwanym Wielką Czwórką?

Poirot podskoczył jak oparzony. Oczy miał okrągłe ze zdumienia.

– Dlaczego... Co pani wie o Wielkiej Czwórce?

– A więc taka organizacja rzeczywiście istnieje! Przypadkowo usłyszałam, jak wuj o niej mówił, i później go o nią spytałam. Był tak przestraszony, jakby zobaczył ducha. Zrobił się blady jak płótno i drżał na całym ciele. Jestem pewna, że on się ich bardzo boi. To oni musieli przez pomyłkę zabić tego Amerykanina Wilsona.

– Wielka Czwórka – mruknął pod nosem Poirot. – Zawsze Wielka Czwórka! Zdumiewający zbieg okoliczności. Pani wujowi zagraża niebezpieczeństwo. Musimy go ratować. Proszę mi opowiedzieć o wszystkim, co się wydarzyło tego tragicznego dnia. Proszę pokazać szachownicę, stolik, jak siedzieli gracze... wszystko.

Dziewczyna wystawiła z kąta stolik inkrustowany srebrem i hebanem.

– Wujek dostał go kilka tygodni temu w prezencie, z prośbą, żeby użył tego stolika podczas najbliższego meczu. Stolik stał tutaj, pośrodku pokoju.

Poirot przyglądał się stolikowi z nadmierną, moim zdaniem, uwagą. Gdybym to ja prowadził przesłuchanie, skoncentrowałbym się na zupełnie innych sprawach. Odniosłem wrażenie, że wiele z postawionych przez niego pytań nie miało żadnego sensu, podczas gdy sprawy naprawdę istotne zostały przemilczane. Pomyślałem, że nieoczekiwana wzmianka o Wielkiej Czwórce wytrąciła go z równowagi.

Poirot bardzo dokładnie obejrzał stolik, potem wielokrotnie pytał, w którym miejscu ustawiono go przed meczem, aż wreszcie poprosił o pokazanie mu figur szachowych. Sonia Dawiłow je przyniosła. Poirot brał niektóre do ręki i zerkał na nie bez większego zainteresowania.

– Bardzo ładne – mruknął pod nosem, najwyraźniej zamyślony.

Nie spytał, jakie podawano napoje ani kto był obecny tego wieczoru.

Pragnąc nadrobić to zaniedbanie, chrząknąłem znacząco.

– Nie myślisz, Poirot, że...

– Nie, przyjacielu – przerwał mi bez ceregieli. – Myślenie zostaw mnie. Czy sądzi pani, że teraz moglibyśmy zobaczyć się z jej wujem?

Na twarzy dziewczyny pojawił się lekki uśmiech.

– Oczywiście, że tak. Widzi pan, do moich zadań należy sprawdzanie nieznajomych.

Wyszła. Z głębi mieszkania dobiegł nas szmer głosów. Chwilę później Sonia wróciła i gestem ręki zaprosiła nas do sąsiedniego pokoju.

Tam leżał na kanapie mężczyzna o niezwykłej powierzchowności. Był wysoki i ponury, miał krzaczaste brwi, siwą brodę i wychudzoną twarz. Tak, doktor Sawaronow był interesującą postacią. Zauważyłem, że ma nietypowy kształt czaszki – głowa była wyjątkowo długa. Pomyślałem, że ma duży mózg. Wyglądał dokładnie tak, jak wyobrażałem sobie wielkiego szachistę.

Poirot się ukłonił.

– Panie doktorze, czy moglibyśmy porozmawiać w cztery oczy?

– Zostaw nas, Soniu – zwrócił się Sawaronow do siostrzenicy.

Dziewczyna wyszła bez słowa.
– Słucham, o co chodzi?
– Doktorze Sawaronow, został pan niedawno właścicielem wielkiej fortuny. Kto ją odziedziczy w razie pańskiej śmierci?
– Sporządziłem testament, w którym zostawiam wszystko swojej siostrzenicy Soni Dawiłow. Chyba pan nie sądzi...
– Nie sądzę, jednak pan nie widział swojej siostrzenicy od czasu, kiedy była małym dzieckiem. Prawie każda młoda kobieta bez trudności mogłaby się pod nią podszyć.
W Sawaronowa jakby piorun strzelił.
Poirot mówił dalej:
– Zostawmy ten temat w spokoju. Chciałem pana ostrzec, to wszystko. Proszę mi opowiedzieć, jaki przebieg miała partia rozegrana tamtego wieczoru.
– Nie rozumiem.
– Nie gram wprawdzie w szachy, wiem jednak, że istnieje kilka sposobów na rozpoczęcie partii... na przykład gambit.
Doktor Sawaronow uśmiechnął się lekko.
– Ach, teraz pana rozumiem. Wilson rozpoczął Ruy Lopezem, jest to jeden z najlepszych debiutów, często stosowanych podczas meczów i turniejów.
– Jak długo graliście, zanim doszło do tragedii?
– Wilson upadł na stół, wykonując trzeci czy czwarty ruch.
Poirot wstał. Ostatnie pytanie zadał jakby od niechcenia, już stojąc w drzwiach. Jednak wiedziałem, że jest to bardzo ważne.
– Czy Wilson coś jadł lub pił?
– Whisky z wodą, jeśli mnie pamięć nie myli.
– Dziękuję, doktorze Sawaronow. Nie chcę zabierać panu więcej czasu.

W przedpokoju czekał na nas Iwan. Poirot nie chciał jeszcze wychodzić.

– Czy pan wie, kto mieszka piętro niżej?
– Sir Charles Kingwell, członek parlamentu, proszę pana. Niedawno zmieniono u niego meble.
– Dziękuję.

Wyszliśmy na ulicę oświetloną jasnym zimowym słońcem.

– Daj spokój, Poirot! – wybuchnąłem. – Tym razem się nie popisałeś! Nie pytałeś o to, co najistotniejsze.
– Tak sądzisz, Hastings? – spytał Poirot, spoglądając na mnie z niepokojem. – Rzeczywiście, byłem wzburzony. O co ty chciałbyś spytać?

Zastanawiałem się przez chwilę, po czym przedstawiłem Poirotowi swój plan przesłuchania świadków. Przyjaciel słuchał mnie uważnie. Zanim skończyłem mówić, byliśmy już przed drzwiami naszego domu.

– Doskonale, Hastings, bardzo dobrze – powiedział Poirot, wkładając klucz w drzwi. – Chociaż wszystkie te pytania są całkiem zbędne.
– Zbędne?! – zawołałem zdumiony. – Skoro tego człowieka otruto...
– Ach! – przerwał mi Poirot, patrząc na leżącą na stole karteczkę. – To od Jappa. Tak myślałem.

Po tych słowach rzucił mi kartkę. Informacja była rzeczowa i zwięzła. Nie wykryto śladu trucizny ani też nie ustalono przyczyny zgonu młodego człowieka.

– Sam widzisz – rzekł Poirot – że nasze pytania byłyby bezużyteczne.
– Domyślałeś się tego?
– *Mon ami*, nie można mówić tylko o domysłach, kiedy okazuje się, że miałem rację.
– Nie czepiaj się słów – odparłem zniecierpliwiony. – Wiedziałeś, że tak się to skończy?

– Tak.

– Skąd?

Poirot włożył dłoń do kieszeni i wyjął z niej białego gońca.

– Masz ci los! – zawołałem. – Zapomniałeś go oddać doktorowi Sawaronowowi.

– Mylisz się, przyjacielu. Tamtego gońca mam w lewej kieszeni. Tego zabrałem z pudełka, do którego panna Dawiłow uprzejmie pozwoliła mi zajrzeć.

– Dlaczego go zabrałeś?

– *Parbleu!** Chciałem zobaczyć, czy pionki są dokładnie takie same.

Poirot zaczął się im przyglądać, przechylając głowę na bok.

– Na to wygląda. Ale nie wolno niczego zakładać z góry, trzeba zdobyć pewność. Podaj mi, z łaski swojej, moją małą wagę.

Ostrożnie postawił obie figury na szalkach wagi, po czym spojrzał na mnie z triumfem.

– Miałem rację! Sam zobacz, miałem rację. Nie można oszukać Herkulesa Poirota!

Podszedł do telefonu. Niecierpliwie czekał na połączenie.

– Czy to inspektor Japp? Ach, Japp, to pan! Mówi Herkules Poirot. Nie spuszczajcie z oka służącego Iwana. Nie pozwólcie, żeby wymknął wam się z rąk. Tak, tak, dobrze mnie pan zrozumiał. – Z rozmachem cisnął słuchawkę na widełki i powiedział: – Nie rozumiesz, Hastings? Wszystko ci wyjaśnię. Wilson nie został otruty, tylko porażony prądem. Przez środek tej figury szachowej przechodzi cienki metalowy pręt. Stół przygotowano zawczasu i usta-

---

* *Parbleu!* (fr.) – Do licha!

wiono w określonym miejscu. Kiedy goniec znalazł się na jednym z pól, przez ciało Wilsona popłynął prąd, zabijając go na miejscu. Pozostał tylko drobny ślad na jego lewej dłoni, gdyż młody Amerykanin był leworęczny. Stolik do gry w szachy był w rzeczywistości wymyślnym mechanizmem. Stolik, który dzisiaj oglądałem, to tylko niewinny duplikat. Stoliki zamieniono tuż po morderstwie. Wszystkiego dokonano z mieszkania piętro niżej, tego, w którym niedawno wymieniono meble. Ale w mieszkaniu Sawaronowa musieli mieć co najmniej jednego wspólnika. Dziewczyna współpracuje z Wielką Czwórką. Zależy jej na pieniądzach Sawaronowa.

– A Iwan?

– Podejrzewam, że Iwan to Numer Czwarty.

– Co?

– Tak. Ten człowiek jest wybornym aktorem. Może grać dowolną rolę.

Przypomniałem sobie nasze ostatnie przygody: dozorca z zakładu dla psychicznie chorych, chłopak od rzeźnika, uprzejmy lekarz – za każdym razem ten sam człowiek.

– To zdumiewające – przyznałem w końcu. – Wszystko się zgadza. Sawaronow obawiał się spisku i dlatego nie chciał brać udziału w szachowym pojedynku.

Poirot patrzył na mnie bez słowa. Po chwili zaczął chodzić po pokoju.

– Masz może jakąś książkę o szachach, *mon ami*? – spytał nagle.

– Zdaje się, że tak.

Zajęło mi to trochę czasu, ale w końcu ją znalazłem i podałem Poirotowi. Ten usiadł wygodnie w fotelu i zaczął czytać w wielkim skupieniu.

Kilkanaście minut później zadzwonił telefon. Podniosłem słuchawkę. Odezwał się Japp. Iwan wyszedł z domu z dużą paczką pod pachą i wskoczył do czekającej na niego taksówki. Chciał zgubić policję. W końcu doszedł chyba do wniosku, że udało mu się uciec, i wszedł do pustego domu w Hampstead. Dom otoczono.

Powtórzyłem to Poirotowi, ale on patrzył na mnie tępym wzrokiem, jakby nic nie rozumiał. Podał mi książkę o grze w szachy.

– Posłuchaj, przyjacielu. Otwarcie Ruy Lopeza wygląda następująco: 1) e2-e4, e7-e5, 2) f2-f4, e5-f4, 3) Gf1-c4. Teraz grający czarnymi pionkami ma kilka możliwości do wyboru. Trzeci ruch białymi pionkami zabił Gilmoura Wilsona. Trzeci ruch. Czy to ci nic nie mówi?

Nie miałem pojęcia, o co chodzi, i powiedziałem o tym Poirotowi.

– Wyobraź sobie, Hastings, że siedząc tutaj, słyszysz, że drzwi wejściowe najpierw się otwierają, by po chwili się zamknąć. Co byś pomyślał?

– Że ktoś wyszedł z domu.

– Tak, ale na każdą sprawę można patrzeć z dwóch różnych punktów widzenia. Ktoś mógł wyjść, ale mógł też wejść, a to zupełnie co innego, Hastings. Jeśli jednak wyciągnąłeś niewłaściwy wniosek, po pewnym czasie spostrzegasz, że coś się nie zgadza, i zaczynasz rozumieć, że byłeś w błędzie.

– Co to oznacza?

Poirot nieoczekiwanie poderwał się z fotela.

– To oznacza, że byłem skończonym głupcem! Szybko! Jedziemy do mieszkania w Westminsterze. Może zdążymy.

Wsiedliśmy do taksówki. Poirot nie odpowiadał na moje gorączkowe pytania. Wbiegliśmy po schodach. Dzwoniliśmy i pukaliśmy do drzwi – bez skutku. Kiedy jednak nastawiliśmy uszu, usłyszeliśmy zduszone jęki.

Stróż miał zapasowy klucz, ale nie od razu zgodził się otworzyć mieszkanie. W końcu jednak udało się go przekonać. Poirot poszedł prosto do drugiego pokoju. W powietrzu unosił się zapach chloroformu. Na podłodze leżała Sonia Dawiłow, zakneblowana, z kłębem waty nasączonym chloroformem pod nosem. Poirot ją uwolnił i robił, co mógł, żeby dziewczyna odzyskała przytomność. Po pewnym czasie zjawił się lekarz. Poirot zostawił dziewczynę w jego rękach, a mnie odciągnął na bok. Nigdzie nie było doktora Sawaronowa.

– O co tu chodzi? – spytałem, gdyż nic z tego nie rozumiałem.

– Chodzi o to, że istniały dwa możliwe rozwiązania, a ja wybrałem niewłaściwe. Pamiętasz, jak mówiłem, że łatwo byłoby udawać Sonię Dawiłow, ponieważ wuj nie widział jej przez wiele lat?

– Tak.

– To samo można powiedzieć o nim. Równie łatwo było udawać wuja.

– Co?

– Sawaronow rzeczywiście zginął tuż po wybuchu rewolucji. Ten człowiek, który podobno uniknął pewnej śmierci, który zmienił się tak bardzo, że przyjaciele z trudem go poznawali, człowiek, który odziedziczył wielką fortunę...

– Tak? Kto to był?

– Numer Czwarty. Nic dziwnego, że się przestraszył, kiedy dowiedział się, że Sonia słyszała, jak mówił o Wielkiej Czwórce. Kolejny raz udało mu się uciec. Domyślił się, że prędzej czy później wpadnę na właściwe rozwiązanie, wysłał więc Iwana, żeby zgubił obstawę, sam zaś unieszkodliwił dziewczynę i uciekł. Większość pieniędzy odziedziczonych po *madame* Kryłow z pewnością już wydał.

– W takim razie kto próbował go zabić?
– Nikt. To Wilson miał zginąć.
– Dlaczego?
– Przyjacielu, Sawaronow był wicemistrzem świata w szachach. Numer Czwarty pewnie nie zna podstawowych zasad gry. Podczas pojedynku nie mógłby udawać. Robił, co mógł, żeby uniknąć tego spotkania. Nie udało się i dlatego Wilson musiał zginąć. Za żadną cenę nie można było ujawnić faktu, że wielki Sawaronow nie umie grać w szachy. Wilson lubił debiut Ruy Lopeza. Można się było spodziewać, że również tym razem pozostanie wierny swoim upodobaniom. Numer Czwarty przygotował wszystko tak, żeby śmierć dopadła Amerykanina przy trzecim ruchu, zanim pojawiły się pierwsze komplikacje.

– Ależ, Poirot – upierałem się – ten człowiek musiałby być wariatem. Rozumiem to, co powiedziałeś, i zdaje się, że masz rację. Trudno jednak uwierzyć, żeby ktoś miał zabijać człowieka tylko po to, by móc dalej spokojnie podszywać się pod kogoś innego. Z pewnością istniały prostsze sposoby wyjścia z kłopotu. Mógł powiedzieć, że lekarz zabronił mu intensywnego wysiłku psychicznego.

Poirot zmarszczył brwi.

– *Certainement**, Hastings – przyznał – były prostsze sposoby, ale żaden z nich nie byłby tak przekonujący. Poza tym zakładasz, że należy unikać zabijania ludzi. Numer Czwarty myśli inaczej. Ja umiem wczuć się w jego psychikę, ale ty tego nie potrafisz. Wyobrażam sobie jego myśli. Z przyjemnością odgrywał rolę wytrawnego szachisty. Założę się, że przygotowując się do tej roli, obejrzał kilka turniejów. Siedział nad szachownicą zamyślony, ze zmarszczonymi brwiami i udawał, że układa dalekosiężne pla-

---

* *Certainement* (fr.) – Z pewnością

ny, podczas gdy w rzeczywistości zaśmiewał się w duchu do rozpuku. Wiedział, że potrafi zrobić tylko dwa ruchy, i wiedział też, że to wystarczy. Sprawiało mu przyjemność, że może wybrać najbardziej mu odpowiadającą chwilę... Tak, Hastings, zaczynam rozumieć naszego przyjaciela i jego psychikę.

Wzruszyłem ramionami.

– Pewnie masz rację, ale ja nadal nie potrafię zrozumieć człowieka, który naraża się na tak wielkie niebezpieczeństwo, chociaż mógł go uniknąć.

– Niebezpieczeństwo! – parsknął Poirot. – Jakie niebezpieczeństwo? Czy Japp rozwikłałby tę zagadkę? Nie. Gdyby nie fakt, że Numer Czwarty popełnił drobny błąd, nie byłoby żadnego niebezpieczeństwa.

– Jaki błąd masz na myśli? – spytałem, chociaż już wiedziałem, jaką uzyskam odpowiedź.

– *Mon ami*, nie wziął pod uwagę małych szarych komórek Herkulesa Poirota.

Poirot miał swoje zalety, ale skromność do nich nie należała.

ROZDZIAŁ 12

Pułapka z przynętą

Była połowa stycznia. W Londynie panowała typowa angielska zima: było mokro i brudno. Siedzieliśmy z Poirotem w fotelach ustawionych blisko kominka. Mój przyjaciel patrzył na mnie z tajemniczym uśmiechem na ustach, ale ja nie rozumiałem, o co mu chodzi.

– O czym teraz myślisz? – spytałem.

– Myślałem o tym, że kiedy przyjechałeś tu latem, zamierzałeś spędzić w kraju tylko dwa miesiące.

– Tak mówiłem? – rzekłem speszony. – Nie pamiętam.

Poirot uśmiechnął się jeszcze szerzej.

– Ależ tak, *mon ami*. Zdaje się, że zmieniłeś plany.

– Hmm... Rzeczywiście.

– Czy mógłbym wiedzieć dlaczego?

– Do kroćset, Poirot, chyba nie sądzisz, że zostawię cię samego, kiedy walczysz z kimś tak potężnym, jak Wielka Czwórka!

Poirot pokiwał głową.

– Tak właśnie myślałem. Jesteś wiernym przyjacielem, Hastings. Zostałeś tutaj, żeby mi służyć. A co na to twoja żona? Mały Kopciuszek, jak ją nazywasz.

– Nie mogłem jej wyjaśnić wszystkich szczegółów, ale żona mnie rozumie. Nigdy by nie żądała, żebym się odwrócił plecami do starego przyjaciela.

– Tak, ona też jest lojalna. Ale ta sprawa może się przeciągać.

Kiwnąłem głową, poczułem się zniechęcony.

– Minęło już sześć miesięcy – mruknąłem pod nosem – a my nie posunęliśmy się naprzód. Wiesz, Poirot, mam wrażenie, że powinniśmy coś zrobić.

– Mój Hastings, jak zwykle, jest energiczny. Co konkretnie miałbym, twoim zdaniem, zrobić?

Poirot chciał mnie zniechęcić, ale mu się nie udało.

– Powinniśmy podjąć próbę ataku – upierałem się. – Siedzimy tutaj i nic nie robimy.

– Robimy więcej, niż myślisz, przyjacielu. Wiemy już, kim są Numer Drugi i Numer Trzeci. Poznaliśmy też metody i sposoby działania Numeru Czwartego.

Zrobiło mi się nieco lżej na sercu. Z tego, co mówił Poirot, wynikało, że sprawy nie wyglądają aż tak źle, jak sądziłem.

– Tak, Hastings, zrobiliśmy bardzo dużo. Co prawda, nie mogę oskarżyć ani Rylanda, ani *madame* Olivier, ponieważ nikt by mi nie uwierzył. Pamiętasz, jak kiedyś zdawało mi się, że zapędziłem Rylanda w kozi róg? A jednak poinformowałem o swoich podejrzeniach niektóre z wysoko postawionych osób. Lord Aldington, który niegdyś prosił mnie o pomoc w sprawie zaginionych planów łodzi podwodnych, wie o Wielkiej Czwórce tyle, ile ja. Niektórzy mają wątpliwości, ale on mi wierzy bez zastrzeżeń. Ryland, *madame* Olivier i Li Chang Yen pozostaną na wolności, ale ich ruchy są teraz uważnie obserwowane.

– A co z Numerem Czwartym?

– Przed chwilą powiedziałem, że powoli poznaję jego metody działania. Możesz uśmiechać się pod nosem, Hastings, ale poznanie czyjejś osobowości w takim stopniu, że będę umiał przewidzieć, co ten człowiek zrobi w określonej sytuacji, jest, z mojego punktu widzenia, wielkim sukcesem. Toczymy ze sobą śmiertelny pojedynek. On odkrywa się za każdym razem, ja natomiast nie daję mu się poznać. Na niego pada snop światła, a ja pozostaję w cieniu. Powiadam ci, Hastings, że właśnie z tego powodu, iż nie robię nic, Wielka Czwórka z każdym dniem boi się mnie coraz bardziej.

– Przynajmniej dali nam spokój – stwierdziłem. – Nie było na nas zamachu, nie próbowano nas zwabić w pułapkę.

– Nie – powiedział Poirot zamyślony. – To mnie dziwi. Szczególnie że bardzo łatwo mogliby nas podejść. Jestem przekonany, że dobrze o tym wiedzą. Mam nadzieję, że mnie rozumiesz.

– Myślisz o jakiejś piekielnej maszynie? – domyśliłem się.

Poirot głośno mlasnął, wyrażając w ten sposób zniecierpliwienie.

– Ależ nie! Ja odwołuję się do twojej wyobraźni, tymczasem najsubtelniejsza myśl, jaka przychodzi ci do głowy, to bomba w kominku. Ach, nie mam już zapałek. Pójdę je kupić, chociaż pogoda jest pod psem. Wybacz, mój drogi, ale chciałbym wiedzieć, czy rzeczywiście czytasz wszystkie te książki naraz? Zdjąłeś z półki *Przyszłość Argentyny*, *Zwierciadło społeczeństwa*, *Hodowlę bydła*, *Purpurową zagadkę* i *Sport w Górach Skalistych*.

Zaśmiałem się i przyznałem, że obecnie całą uwagę poświęcam *Purpurowej zagadce*.

Poirot ze smutkiem pokręcił głową.

– W takim razie odłóż pozostałe książki na półkę. Nigdy, przenigdy nie nauczę cię porządku ani metody. *Mon Dieu!* Po co mamy biblioteki?

Przeprosiłem przyjaciela. Poirot odłożył książki na miejsce i wyszedł, zostawiając mnie sam na sam z pasjonującą lekturą.

Muszę przyznać, że kiedy pani Pearson zapukała do drzwi, obudziła mnie z lekkiej drzemki.

– Telegram do pana, kapitanie.

Bez większego zainteresowania otworzyłem pomarańczową kopertę.

Nagle cały zesztywniałem.

Telegram wysłał z Ameryki Południowej Bronsen, mój pełnomocnik. Oto jego treść:

Pani Hastings wczoraj zniknęła. Obawiamy się, że została porwana przez gang nazywający się Wielką Czwórką. Zawiadomiłem policję, ale jak dotąd nic nie wiadomo.

Bronsen

Gestem kazałem pani Pearson wyjść. Przez dłuższy czas siedziałem jak rażony piorunem. Wiele razy czytałem straszne słowa telegramu. Kopciuszek został porwany! Wpadł w łapy Wielkiej Czwórki! Boże, co ja mam teraz zrobić?

Poirot! Potrzebny mi Poirot! On znajdzie jakąś radę. Potrafi ich zapędzić w kozi róg. Spodziewałem się, że wróci za kilka minut. Będę musiał cierpliwie zaczekać. Pomyśleć tylko: Kopciuszek w łapach Wielkiej Czwórki!

Znów zapukano do drzwi. Pani Pearson wsunęła głowę do środka.

– Jakiś Chińczyk przyniósł panu wiadomość, kapitanie. Czeka na schodach.

Wziąłem od niej kartkę. Zawierała krótką i zwięzłą informację:

Jeśli chce Pan jeszcze zobaczyć swoją żonę, proszę natychmiast pójść tam, dokąd zaprowadzi Pana człowiek, który przyniósł tę wiadomość. Proszę nie próbować zostawiać wiadomości dla pańskiego przyjaciela, bo zapłaci za to pańska żona.

Wiadomość podpisano wielką czwórką.

Co miałem robić? Co zrobiłbyś na moim miejscu, Szanowny Czytelniku?

Nie miałem czasu do namysłu. Oczyma wyobraźni widziałem Kopciuszka zdanego na łaskę i niełaskę tych przeklętych przestępców. Musiałem posłuchać wezwania. Nie miałem odwagi ryzykować. Postanowiłem pójść z Chińczykiem, dokądkolwiek mnie poprowadzi. Wiedziałem, że zmierzam prosto w pułapkę, że czeka mnie niewola, a może nawet śmierć, nie wahałem się jednak, gdyż przynętą była osoba, którą kocham ponad wszystko w świecie.

Najbardziej gniewało mnie to, że mam wyjść, nie zostawiając wiadomości Poirotowi. Gdyby wiedział, co mnie spotkało, może udałoby mu się nas uratować? Ale czy wolno mi ryzykować? Wahałem się, chociaż nikt mnie nie pilnował. Chińczyk nie wszedł na górę, żeby sprawdzić, czy zastosuję się do pisemnego polecenia. Dlaczego? Kiedy zacząłem się nad tym zastanawiać, uznałem to za dziwne. Wiedziałem przecież, na co stać Wielką Czwórkę, i przypisywałem tej organizacji niemalże nadludzką moc. Nawet niepozorna służąca mogła być ich agentką.

Nie, nie mogłem się zdecydować na podjęcie ryzyka. Mogłem jednak zrobić jedno: zostawić w mieszkaniu telegram. Poirot dowie się, że Kopciuszek zniknął i że odpowiedzialność za to ponosi Wielka Czwórka.

Wszystko to przemknęło mi przez głowę w ułamku sekundy. Chwilę później włożyłem kapelusz i zszedłem na dół, gdzie czekał na mnie skośnooki przewodnik.

Zobaczyłem wysokiego Chińczyka o nieruchomej twarzy. Ubranie miał czyste, ale dość zniszczone. Ukłonił mi się. Mówił płynną angielszczyzną lekko nosowym głosem.

– Pan kapitan Hastings?

– Tak – odparłem.

– Proszę oddać list.

Spodziewałem się tego. Bez słowa podałem mu kartkę, ale to nie wystarczyło.

– Otrzymał pan dzisiaj telegram, prawda? Z Ameryki Południowej. Niech pan nie udaje zdziwionego. Ich system wywiadowczy działał niezwykle sprawnie. A może to był tylko domysł? Musieli zakładać, że Bronsen natychmiast powiadomi mnie o nieszczęściu, i czekali, aż dostanę telegram.

Nie było sensu udawać, że nie wiem, o czym mówi Chińczyk.

– Tak – potwierdziłem. – Dostałem telegram.

– Proszę go przynieść. Zaczekam na pana.

Zgrzytając zębami, wróciłem na górę. Co innego miałbym zrobić? Zastanawiałem się, czy nie powiedzieć o porwaniu Kopciuszka pani Pearson. Widziałem ją na schodach, ale razem z nią była pomocnica. Zawahałem się. Co, jeśli dziewczyna okaże się szpiegiem? Przypomniałem sobie ostrzeżenie: „...zapłaci za to pańska żona". Bez słowa wszedłem do mieszkania.

Wziąłem telegram i już chciałem wyjść, kiedy przyszedł mi do głowy pewien pomysł. Mogę zostawić jakiś znak, który dla wrogów nie będzie miał znaczenia, ale dla Poirota będzie zrozumiały. Podbiegłem do biblioteczki i zrzuciłem na podłogę cztery książki. Byłem pewien, że mój przyjaciel natychmiast je zauważy, gdyż żaden nieporządek nigdy nie umknął jego uwagi. Potem dorzuciłem węgla do ognia tak, że cztery kawałki spadły na podłogę. Zrobiłem wszystko, co mogłem, pozostało mieć nadzieję, że Poirot właściwie odczyta te znaki.

Zbiegłem na dół. Chińczyk wziął telegram, przeczytał go, schował do kieszeni i kiwnął głową, żebym szedł za nim.

Szliśmy bardzo długo. Byłem porządnie zmęczony. Wreszcie wsiedliśmy do autobusu, by potem przesiąść się do tramwaju. Cały czas kierowaliśmy się na wschód. Przemierzaliśmy jakieś dziwne dzielnice, z których istnienia nie zdawałem sobie sprawy. Domyśliłem się, że jesteśmy blisko portu rzecznego i że kierujemy się do chińskiej dzielnicy.

Przeszedł mnie zimny dreszcz. Mój przewodnik szedł niestrudzenie, skręcając w coraz to nowe, nieprzyjemne uliczki i przejścia, aż wreszcie stanął przed jakąś ruderą i cztery razy zaskrobał do drzwi.

Bardzo szybko otworzył nam inny Chińczyk. Odsunął się i wpuścił nas do środka. Drzwi zatrzasnęły się za mną, odbierając mi resztkę nadziei. Dostałem się w ręce wroga.

Kazano mi pójść za tym drugim Chińczykiem. Zszedłem za nim po chybotliwych schodach do piwnicy pełnej beli materiałów i beczek. W powietrzu unosił się nieprzyjemny, silny zapach wschodnich przypraw. Otoczyła mnie męcząca, podstępna, mroczna atmosfera Wschodu...

Nieoczekiwanie mój przewodnik odsunął dwie beczki i zobaczyłem w ścianie niewielki tunel. Chińczyk gestem kazał mi pójść przodem. Z początku tunel był długi i tak niski, że nie mogłem się wyprostować, ale nieco dalej robił się wyższy. Po chwili znaleźliśmy się w innej piwnicy. Chińczyk pochylił się i zaskrobał cztery razy w ścianę. Wtedy cały kawałek ściany się przesunął, otwierając przejście do sali wyglądającej jak z *Baśni z tysiąca i jednej nocy*. Niski podziemny pokój obwieszony był drogimi orientalnymi jedwabiami, zalewało go rzęsiste światło, a w powietrzu unosiła się woń perfum i aromatycznych olejków. Na podłodze leżały przepiękne chińskie dywany. Na nich stały kanapy, było ich sześć czy siedem, wszystkie pokryte jedwabiem. W drugim końcu pokoju znajdowała się wnęka zasłonięta kotarą. Zza tej kotary dobiegł mnie głos:

– Przyprowadziłeś naszego szlachetnego gościa?

– Tak, wasza wysokość – odparł mój przewodnik.
– Zaproś go tutaj.

W jednej chwili niewidoczna ręka rozsunęła kotary i zobaczyłem wielką kanapę, na której siedział wysoki, szczupły, skośnooki mężczyzna w bogato haftowanym stroju. Sądząc po długości jego paznokci, musiał być kimś znamienitym.

– Proszę, niech pan usiądzie, kapitanie Hastings – powiedział, zapraszając mnie gestem dłoni. – Jak widzę, przychylił się pan do mojej prośby i przybył bez zwłoki. Cieszy mnie to.

– Kim pan jest? – spytałem. – Li Chang Yenem?

– Ależ nie. Jestem najskromniejszym spośród jego sług. Tak jak inni jego słudzy w różnych krajach spełniam jego życzenia i na tym moja rola się kończy. Mam kolegów nawet w Ameryce Południowej.

– Gdzie ona jest? Co z nią zrobiliście?

– Jest bezpieczna. Ukryliśmy ją tak, że nikt jej nie znajdzie. Jak dotąd jest bezpieczna. Proszę zauważyć, że na przyszłość nie mogę niczego panu obiecać.

Spojrzałem w diabolicznie uśmiechniętą twarz. Po plecach przebiegł mi zimny dreszcz.

– Czego chcecie!? – zawołałem. – Pieniędzy?

– Drogi kapitanie Hastings! Mogę pana zapewnić, że pańskie drobne oszczędności nas nie interesują. To pytanie, proszę mi wybaczyć, nie było zbyt inteligentne. Sądzę, że pański kolega spytałby o coś innego.

– A ja sądzę – rzekłem z ciężkim sercem – że chcecie mnie zmusić do współpracy. Udało się wam. Przyszedłem tutaj z własnej woli. Możecie ze mną zrobić, co chcecie, ale ją wypuśćcie. Ona nic nie wie i w niczym wam nie pomoże. Była wam potrzebna, żeby dostać mnie. Teraz możecie ją uwolnić.

Mężczyzna podrapał się w policzek, nie przestając się uśmiechać. Nie spuszczał ze mnie wąskich, skośnych oczu.

– Jest pan szybki – powiedział dziwnym, jakby mruczącym głosem. – Nie, jeszcze nie możemy jej uwolnić. Prawdę mówiąc, nie chodziło nam o to, jak pan to ujął, żeby dostać pana. Mamy nadzieję, że dzięki panu uda nam się dopaść pańskiego przyjaciela.

Zaczęło mi huczeć w głowie.

– Proponuję – mówił dalej mężczyzna – żeby napisał pan do Herkulesa Poirota list, namawiając go do przyjścia tutaj.

– Tego nie zrobię – rzuciłem ze złością.

– Konsekwencje takiej decyzji będą dla pana wysoce nieprzyjemne.

– Do diabła z tym wszystkim!

– Może pan zapłacić nawet życiem.

Poczułem zimny dreszcz przesuwający się w dół kręgosłupa, ale zachowałem dzielną minę.

– Niech pan nie próbuje mnie straszyć. Ja nie jestem bojaźliwy jak Chińczycy.

– Moje groźby mogą się spełnić bardzo szybko, kapitanie Hastings. Pytam jeszcze raz: napisze pan ten list?

– Nie napiszę, a wy nie odważycie się mnie zabić, bo nie chcecie mieć na karku policji.

Mój rozmówca szybko klasnął w dłonie. W pokoju pojawiło się dwóch Chińczyków. Wzięli mnie pod ręce. Ich pan powiedział coś po chińsku, po czym zostałem zaciągnięty w kąt pokoju. Jeden z wlokących mnie mężczyzn pochylił się i nagle podłoga usunęła mi się spod nóg. Gdyby nie fakt, że drugi trzymał mnie mocno, spadłbym w ziejącą czarną przepaść. Usłyszałem plusk wody.

– W dole płynie rzeka – wyjaśnił przesłuchujący mnie mężczyzna, nie ruszając się z kanapy. – Niech pan się zastanowi, kapitanie Hastings. Jeśli pan odmówi, może pan pożegnać się z życiem. W mrocznych wodach czeka pana szybka śmierć. Pytam ostatni raz: napisze pan ten list?

Nie jestem odważny. Ogarnął mnie paniczny strach przed śmiercią. Nie wątpiłem, że demoniczny Chińczyk mówi prawdę. Zacząłem żegnać się z życiem. Kiedy się odezwałem, głos mi drżał.

– Powtarzam jeszcze raz: nie! Do diabła z waszym listem!

Po tych słowach odruchowo zacisnąłem oczy i odmówiłem krótką modlitwę.

ROZDZIAŁ 13

Przynęta

Nieczęsto zdarza nam się stanąć oko w oko ze śmiercią. Tamtego dnia w dziwnych podziemiach w chińskiej dzielnicy Londynu byłem pewien, że wypowiadam ostatnie słowa w swoim życiu. Przygotowując się na spotkanie z rwącą zimną wodą, głęboko zaczerpnąłem powietrza.

Ku swojemu zdumieniu, usłyszałem głośny śmiech. Otworzyłem oczy. Na znak dany przez mojego prześladowcę dwaj silni młodzieńcy zaciągnęli mnie na kanapę, na której przedtem siedziałem.

– Jest pan dzielnym człowiekiem, kapitanie Hastings – powiedział chudy Chińczyk. – My, ludzie Wschodu, potrafimy to docenić. Muszę przyznać, że spodziewałem się tego po panu. Przejdziemy teraz do drugiego aktu naszego małego dramatu. Wyszedł pan zwycięsko ze spotkania ze śmiercią. Jaką podejmie pan decyzję, wiedząc, że śmierć grozi komuś bliskiemu?

– Co pan ma na myśli? – spytałem chrapliwym głosem.

Znów ogarnął mnie paniczny strach.

– Nie sądzę, żeby zapomniał pan o damie znajdującej się w naszych rękach, o róży z pańskiego ogrodu.

Nie spuszczałem z niego oczu. Zabrakło mi słów.

– Myślę, kapitanie Hastings, że jednak napisze pan ten list. Widzi pan, mam tu formularz telegramu. To, co na nim napiszę, zadecyduje o życiu bądź śmierci pańskiej żony.

Zacząłem się pocić. Mój oprawca z całkowitym spokojem mówił dalej, uśmiechając się łagodnie.

– Proszę, kapitanie, ołówek czeka. Wystarczy, żeby napisał pan ten list. Jeśli nie...
– Jeśli nie? – powtórzyłem.
– Jeśli nie, dama, którą pan kocha, zginie w męczarniach. Mój pan, Li Chang Yen, zabawia się w wolnych chwilach obmyślaniem nowych wyrafinowanych tortur...
– Wielki Boże! – zawołałem. – Ty diable! Nie! Nie zrobicie tego...
– Chciałby pan usłyszeć o niektórych wynalazkach Li Chang Yena?

Nie zważając na moje protesty, spokojnie mówił dalej, nie podnosząc głosu, aż wreszcie musiałem zatkać uszy dłońmi. Jego słowa były przerażające.

– Widzę, że ma pan dość. Niech pan weźmie ołówek i pisze.
– Nie odważycie się...
– Sam pan wie, że gada głupstwa. Niech pan weźmie ołówek i pisze.
– Co będzie, jeśli to zrobię?
– Pańska żona odzyska wolność. Zaraz wyślę telegram.
– Skąd mam wiedzieć, że dotrzyma pan słowa?
– Przysięgam na święte groby moich przodków. Zresztą niech pan sam pomyśli: po co miałbym wyrządzać jej krzywdę? Cel zostanie osiągnięty.
– A co będzie z Poirotem?
– Zatrzymamy go u nas do czasu ukończenia pewnych operacji. Potem go puścimy.
– Przysięgnie pan na groby swoich przodków?
– Złożyłem panu jedną przysięgę. Więcej pan ode mnie nie uzyska.

Ogarnęło mnie zniechęcenie. Mam zdradzić przyjaciela? Wahałem się jeszcze przez chwilę, ale potem przypomniałem sobie, jakie mogą być skutki odmowy. Oczyma wyobraźni zobaczyłem Kopciuszka umierającego powoli, w męczarniach...

Jęknąłem cicho i wziąłem do ręki ołówek. Może uda mi się tak dobrać słowa, żeby ostrzec Poirota przed niebezpieczeństwem? Ożyła we mnie słaba nadzieja.

Ale Chińczyk natychmiast mnie jej pozbawił. Wstał z kanapy i powiedział miłym, spokojnym głosem:

– Pozwoli pan, że podyktuję mu słowa listu.

Przez chwilę milczał, sprawdzając coś w leżących na stoliku notatkach. Potem zaczął dyktować:

Drogi Poirot!
Zdaje się, że jestem na tropie Wielkiej Czwórki. Po południu przyszedł do mnie jakiś Chińczyk i opowiadając jakieś bzdury, zwabił mnie w to miejsce. Na szczęście przejrzałem go i uciekłem w ostatniej chwili. Udało mi się pójść za nim niepostrzeżenie. Muszę przyznać, że poszło mi bardzo dobrze. Poprosiłem pewnego sprytnego młodzieńca, żeby dostarczył Ci ten list. Bądź tak dobry i daj mu półkoronówkę. Taką zapłatę uzgodniliśmy za bezpieczne doręczenie mojego listu.

Obserwuję ten dom i nie chcę się stąd ruszać. Będę czekał do szóstej. Jeśli nie przyjdziesz, spróbuję się dostać do środka. Nie chcę przegapić tej szansy, a nie mam pewności, czy chłopak zastanie Cię w domu. Jeśli tak, przyjdź z nim jak najszybciej. Zakryj swoje wspaniałe wąsy, bo nie chciałbym, żeby cię rozpoznano.

Twój A.H.

Każde słowo pogrążało mnie w coraz głębszej rozpaczy. Wszystko zostało sprytnie pomyślane. Dopiero teraz zrozumiałem, że przeciwnik zna wszystkie szczegóły naszego życia. List brzmiał tak, jakbym to ja go pisał. Wzmianka o Chińczyku, który przyszedł po południu i „zwabił mnie w to miejsce"

133

sprawiła, że straciłem resztki nadziei. Dotąd liczyłem jeszcze, że Poirot będzie się miał na baczności z powodu zostawionego przeze mnie znaku w postaci czterech książek. Teraz pomyśli, że zastawiono na mnie pułapkę, ale udało mi się ją przejrzeć. Zrozumiałem, jak starannie dobrano czas. Poirot będzie musiał się spieszyć i bez namysłu pójdzie za niewinnie wyglądającym przewodnikiem. Będzie chciał zdążyć, zanim sam wejdę do domu. Poirot nigdy nie miał zaufania do mojego sprytu. Przeświadczony, że narażam się na niebezpieczeństwo, przyjdzie mi z pomocą.

Nie miałem jednak wyboru. Napisałem to, co mi kazano. Mój prześladowca wziął list do ręki, przeczytał go, z zadowoleniem kiwnął głową i wręczył kartkę jednemu z milczących pomocników. Ten natychmiast zniknął za jedwabną zasłoną, za którą znajdowały się drzwi.

Chudy Chińczyk usiadł na kanapie, z uśmiechem na ustach wziął do ręki formularz telegramu, napisał na nim coś i mi podał.

Przeczytałem: *Wypuścić białego ptaszka.*

Odetchnąłem z ulgą.

– Teraz pan to wyśle? – spytałem.

Mężczyzna uśmiechnął się, ale pokręcił głową.

– Dopiero gdy będziemy mieli pana Poirota.

– Obiecał pan...

– Jeśli ten podstęp się nie uda, biały ptak może nam się jeszcze przydać. W takim wypadku możemy nadal potrzebować pańskiej współpracy.

Byłem tak zły, że aż pobladłem.

– Wielki Boże! Jeśli...

Chińczyk przerwał mi, machając szczupłą żółtą dłonią.

– Niech pan się uspokoi. Spodziewam się, że teraz wszystko ułoży się po naszej myśli. Kiedy dostanę w swoje ręce pana Poirota, natychmiast spełnię obietnicę.

– Jeśli mnie pan oszuka...

– Złożyłem przysięgę na swoich czcigodnych przodków. Proszę się nie obawiać. Niech pan chwilę odpocznie. Moi słudzy zadbają, żeby pod moją nieobecność niczego panu nie zabrakło.

Zostałem sam w luksusowym podziemnym gniazdku. Nagle obok mnie stanęli chińscy służący. Jeden z nich przyniósł jedzenie i picie. Gestem dłoni kazałem mu odejść. Było mi niedobrze... bałem się.

Po chwili wrócił mój prześladowca: wysoki, stateczny, ubrany w jedwabie. Osobiście dowodził całą operacją. Na jego rozkaz wciągnięto mnie do tunelu i zaprowadzono na parter domu, do którego wszedłem. Okiennice były pozamykane, ale przez szpary można było obserwować ulicę. Po drugiej stronie z trudem szedł jakiś obdarty staruszek. Zrozumiałem, że jest członkiem gangu, gdy w pewnej chwili dał stojącym w oknie jakiś znak.

– Wszystko w porządku – odezwał się jeden z Chińczyków. – Herkules Poirot zbliża się do zastawionej pułapki. Jest sam, jeśli nie liczyć towarzyszącego mu przewodnika. Teraz, kapitanie Hastings, musi pan odegrać swoją rolę. Jeśli Poirot pana nie zobaczy, nie wejdzie do domu. Kiedy zatrzyma się po drugiej stronie ulicy, musi pan wyjść i zawołać go, machając ręką.

– Co?! – krzyknąłem oburzony.

– Puścimy pana samego. Niech pan nie zapomina, co pan ryzykuje, gdyby coś się nie udało. Jeśli Poirot domyśli się, że coś jest nie w porządku, i nie wejdzie do domu, pańska żona umrze w niewysłowionych męczarniach. Ach! Już jest!

Z bijącym sercem, czując ogarniające mnie mdłości, wyjrzałem przez szparę. Natychmiast poznałem mojego przyjaciela spacerującego po przeciwnej stronie ulicy.

Kołnierz płaszcza miał podniesiony, a prawie całą twarz zasłonił wielkim żółtym szalikiem. Charakterystyczny sposób poruszania się i jajowaty kształt głowy świadczyły jednak o tym, że to może być tylko Poirot.

Mój przyjaciel pospieszył z pomocą, nie podejrzewając nic złego. Obok niego maszerował ulicznik o ponurej twarzy i w obdartym ubraniu.

Poirot zatrzymał się po przeciwnej stronie ulicy. Chłopak mówił do niego, żywo gestykulując. Wyszedłem do przedpokoju. Na znak Chińczyka jeden z pomocników otworzył drzwi.

– Proszę nie zapominać, jaką cenę zapłaci pan za niepowodzenie tej akcji – rzekł cicho mój prześladowca.

Stanąłem na schodach i kiwnąłem na Poirota. Ten szybko przeszedł przez ulicę.

– Aha! Nic ci się nie stało, przyjacielu? Zacząłem się o ciebie martwić. Udało ci się wejść do środka? Czyżby dom był pusty?

– Tak – szepnąłem.

Starałem się mówić jak najbardziej naturalnym głosem.

– Gdzieś musi być drugie wyjście – dodałem. – Chodź, poszukamy go.

Cofnąłem się za próg. Poirot, nieświadomy niebezpieczeństwa, ruszył za mną.

Nagle coś jakby przeskoczyło w mojej głowie. Zrozumiałem, że gram rolę Judasza.

– Zawracaj, Poirot! – krzyknąłem. – Uciekaj! Ratuj życie! To pułapka. O mnie się nie martw. Uciekaj!

Kiedy zacząłem krzyczeć, ktoś złapał mnie za ramiona. Drugi Chińczyk przyskoczył i schwycił Poirota, ten jednak odsunął się, uniósł rękę i w jednej chwili otoczył nas kłąb gryzącego dymu…

Poczułem, że osuwam się na podłogę, duszę się, umieram...

Obolały powoli zacząłem dochodzić do siebie. Byłem oszołomiony. Pierwszym, co zobaczyłem, była twarz Poirota. Siedział i przyglądał mi się z niepokojem. Kiedy go ujrzałem, krzyknąłem z radości.
– Ach, budzisz się... dochodzisz do siebie. Wszystko dobrze, przyjacielu. Mój biedaku! – powiedział.
– Gdzie jestem? – spytałem z trudem.
– Jak to: gdzie? *Chez vous**.
Rozejrzałem się ostrożnie. Rzeczywiście, byłem w naszym salonie. Przed kominkiem leżały cztery wyrzucone przeze mnie węgielki.
Poirot domyślił się, na co patrzę.
– Tak, to był doskonały pomysł... Książki również. Gdyby teraz ktoś mi powiedział: ten pański przyjaciel Hastings chyba nie jest zbyt inteligentny, odpowiedziałbym: jest pan w błędzie. Miałeś wspaniały, doskonały pomysł!
– Zrozumiałeś mnie?
– Czy jestem głupcem? Oczywiście, że zrozumiałem. Zostałem ostrzeżony i miałem czas zastanowić się nad tym, co robić. Wielkiej Czwórce udało się ciebie porwać. Po co? Przecież nie dla twoich *beaux yeux*** i nie dlatego, żeby się ciebie bali i chcieli usunąć cię z drogi. Dobrze wiedziałem, jaki jest ich zamiar. Miałeś posłużyć za przynętę i zwabić w pułapkę wielkiego Herkulesa Poirota. Od dawna przygotowywałem się na taką możliwość. Ledwie skończyłem swoje przygotowania, zjawił się mały posłaniec, niewinny ulicznik. Połkną-

---

* *Chez vous* (fr.) – u siebie w domu
** *beaux yeux* (fr.) – pięknych oczu

łem haczyk i poszedłem z nim. Całe szczęście, że pozwolili ci stanąć na schodach. Bałem się tylko jednego: że będę musiał rozprawić się z nimi, zanim dotrę do miejsca, gdzie jesteś przetrzymywany, i później będę cię musiał szukać, być może bez powodzenia.

– Powiedziałeś, że rozprawiłeś się z nimi? – spytałem słabym głosem. – Sam?

– Mój drogi, nie ma w tym nic nadzwyczajnego. Temu, kto przygotuje się zawczasu, wszystko wydaje się proste. Zdaje się, że tak brzmi motto skautów? Słusznie. Ja byłem przygotowany. Niedawno wyświadczyłem przysługę znanemu chemikowi, który w czasie wojny zajmował się gazami trującymi. Teraz on skonstruował dla mnie bombę. Jest nieduża i łatwa do przenoszenia. Wystarczy ją rzucić, aby nastąpił wybuch i w powietrze uniósł się dym powodujący utratę przytomności. Potem użyłem gwizdka i natychmiast na miejscu zjawił się jeden z bystrych młodych ludzi Jappa. Obserwował nasz dom jeszcze przed przyjściem chłopca. Potem poszedł za nami do Limehouse. On zajął się wszystkim, co pozostało do zrobienia.

– Jak to się stało, że ty nie straciłeś przytomności?

– Miałem szczęście. Nasz przyjaciel, Numer Czwarty, bo jestem przekonany, że to on jest autorem tego wspaniałego listu, pozwolił sobie na mały żart z moich wąsów, umożliwiając mi ukrycie maski gazowej pod szalikiem.

– Pamiętam! – zawołałem.

W tej samej chwili przypomniało mi się coś, o czym na jakiś czas zapomniałem.

Kopciuszek...

Z jękiem opadłem na poduszki.

Zdaje się, że na moment znów straciłem przytomność. Kiedy doszedłem do siebie, Poirot wlewał mi do ust brandy.

– Co się stało, *mon ami*? Powiedz koniecznie. Mów!

Drżąc, z najwyższym wysiłkiem zacząłem opowiadać o strasznych wydarzeniach.

– Przyjacielu! Przyjacielu! – wykrzyknął Poirot. – Jak wiele musiałeś wycierpieć! A ja o niczym nie wiedziałem. Uspokój się! Wszystko w porządku!

– Myślisz, że uda ci się ją odnaleźć? Jest w Ameryce Południowej. Zanim tam dotrzemy, odbiorą jej życie. Bóg jeden wie, jak straszna śmierć ją czeka!

– Nie, nie! Nic nie rozumiesz! Twoja żona jest bezpieczna. Nie wpadła w ręce nieprzyjaciół.

– Ależ dostałem telegram od Bronsena!

– Nie, nie dostałeś. Może przyszedł jakiś telegram z Ameryki Południowej podpisany nazwiskiem Bronsena. Każdy mógł go wysłać. Powiedz mi, czy nigdy nie przyszło ci do głowy, że organizacja międzynarodowa o tak szerokich powiązaniach może spróbować dobrać się nam do skóry przez tak miłą dziewczynę, jak twój ukochany Kopciuszek?

– Nigdy – odparłem.

– Muszę powiedzieć, że ja przewidziałem taką możliwość. Nie mówiłem ci o tym, aby cię niepotrzebnie nie denerwować, ale podjąłem pewne kroki, żeby się zabezpieczyć. Sądzisz, że twoja żona wysyła listy z waszego rancza, ale w rzeczywistości od trzech miesięcy ukrywa się w bezpiecznym miejscu.

Przez chwilę nie mogłem oderwać wzroku od twarzy Poirota.

– Mówisz prawdę?

– *Parbleu!* Oczywiście. To, czym cię straszyli, było kłamstwem.

Odwróciłem głowę.

Poirot położył mi dłoń na ramieniu. W jego głosie zabrzmiała jakaś nowa nuta, której nigdy dotąd nie słyszałem.

– Wiem, że nie lubisz, żebym cię dotykał i okazywał swoje uczucia. Zachowam się teraz jak prawdziwy Brytyjczyk. Nic nie powiem, ani słówka, tylko tyle: w tej naszej przygodzie należą ci się wszelkie honory. Człowiek, który ma takiego przyjaciela jak ty, może nazywać siebie szczęśliwcem!

ROZDZIAŁ 14

Tleniona blondynka

Skutki gazowego ataku Poirota na dom w chińskiej dzielnicy bardzo mnie rozczarowały. Przywódcy gangu udało się uciec. Ludzie inspektora Jappa zjawili się natychmiast w odpowiedzi na gwizdek Poirota. Znaleźli w przedpokoju czterech nieprzytomnych Chińczyków, ale nie było wśród nich tego, który groził mi śmiercią. Przypomniałem sobie później, że trzymał się z tyłu, kiedy zostałem zmuszony do wyjścia na schody i zwabienia Poirota do środka. Prawdopodobnie wybuch był na tyle słaby, że bomba nie wyrządziła mu szkody i uciekł jednym z wielu wyjść, które później odkryliśmy.

Od czterech mężczyzn, którzy wpadli w nasze ręce, niczego się nie dowiedzieliśmy. Policji nie udało się udowodnić im współpracy z Wielką Czwórką. Wszyscy Chińczycy byli typowymi mieszkańcami tej dzielnicy, ludźmi niewykształconymi. Twierdzili, że nic nie wiedzą o Li Chang Yenie. Zostali zatrudnieni przez bogatego Chińczyka do służby w domu nad rzeką i nie mają pojęcia o jego prywatnych sprawach.

Nazajutrz prawie całkowicie doszedłem do siebie. Pozostał tylko lekki ból głowy. Razem z Poirotem pojechaliśmy do chińskiej dzielnicy i przeszukaliśmy dom, w którym mnie trzymano jako zakładnika. Okazało się, że dwa odrapane domy połączone były podziemnym przejściem. Parter i piętra obu domów nie były umeblowane i wyglądały na opuszczone. Na podłodze leżały odłamki szkła, a zamknięcie okien stanowiły rozpadające się okiennice. Japp zbadał wcześniej piwnice i odkrył przejście do podziemnego pokoju, w którym spędziłem kilkadziesiąt wielce nieprzyjemnych minut. Po dokładnym obejrzeniu pomieszczenia okazało się, że moje wcześniejsze wrażenia były całkiem słuszne. Okrywające ściany jedwabie oraz kanapa i dywany były najwyższej jakości. Nawet ja, chociaż nie znam się na chińskiej sztuce, zdołałem to ocenić.

Z pomocą Jappa i jego ludzi przeszukaliśmy całe pomieszczenie. Miałem nadzieję, że znajdziemy tu jakieś ważne dokumenty: listę agentów Wielkiej Czwórki albo zaszyfrowany zarys ich planów na przyszłość. Niestety! Zostały tylko kartki, do których zaglądał mój prześladowca, dyktując mi list do Poirota. Znaleźliśmy na nich opis naszego życia zawodowego, obszerną charakterystykę naszych osobowości i wskazówki dotyczące tego, jak najłatwiej będzie nas zaatakować.

Poirot cieszył się z tego odkrycia jak dziecko. Ja natomiast uznałem te notatki za zupełnie bezwartościowe, zwłaszcza że ten, kto je sporządził, w wielu punktach bardzo się pomylił. Powiedziałem o tym Poirotowi po powrocie do domu.

– Mój drogi – powiedziałem – wiesz już, co myśli o nas nieprzyjaciel. Najwyraźniej bardzo przecenia twoje możliwości intelektualne, nie docenia natomiast moich. Nie rozumiem jednak, jakie możemy mieć z tego korzyści.

Poirot chrząknął, nieco urażony.

– Nie rozumiesz tego, Hastings? Poznaliśmy niektóre z naszych słabości i możemy przygotować się na kolejny atak. Wiemy już, przyjacielu, że powinieneś najpierw pomyśleć, zanim zaczniesz działać. Kiedy znów spotkasz rudowłosą kobietę w opałach, powinieneś patrzeć na nią... Jak to się mówi? Podejrzliwie.

Autor notatek sugerował, że jestem bardzo impulsywny i wrażliwy na wdzięki młodych kobiet o pewnym kolorze włosów. Tę uwagę Poirota uznałem za pozbawioną dobrego smaku, wiedziałem jednak, jak się bronić.

– A ty? Czy zamierzasz popracować nad swoją „olbrzymią próżnością"? Albo nad „dbałością o porządek w każdym najdrobniejszym szczególe"? – zacytowałem autora notatek.

Poirot nie był z tego zadowolony.

– Ależ, Hastings, w niektórych sprawach nieprzyjaciel się myli. *Tant mieux!** W stosownym czasie pozna prawdę. Tym razem to my wzbogaciliśmy naszą wiedzę, a wiedzieć to znaczy być przygotowanym.

Poirot ostatnimi czasy często powtarzał ten slogan. Miałem tego dość.

– Rzeczywiście, wzbogaciliśmy naszą wiedzę – ciągnął – ale nie wiemy jeszcze tyle, ile byśmy chcieli. Musimy wiedzieć dużo więcej.

– Skąd?

Poirot rozsiadł się w fotelu, poprawił pudełko zapałek, które beztrosko rzuciłem na stół, i zrobił dobrze mi znaną minę. Wiedziałem, że zaraz zacznie przemowę.

– Widzisz, Hastings, musimy walczyć z czwórką przeciwników, z czterema różnymi osobami. Numeru Pierwszego nigdy osobiście nie spotkaliśmy, poznaliśmy go jednak przez to, co jest wynikiem działalności jego umysłu. Nawiasem mówiąc, Hastings, mogę ci powiedzieć, że zaczynam ten umysł bardzo dobrze rozumieć: jest bardzo subtelny i orientalny. Wszystkie plany Wielkiej Czwórki mają źródło w umyśle Li Chang Yena. Numer Drugi i Numer Trzeci również są osobami potężnymi, wysoko posta-

---

* *Tant mieux!* (fr.) – Tym lepiej!

wionymi. Na razie nie możemy ich dosięgnąć. Szczęśliwie jednak to, co chroni ich, jest ochroną również dla nas. Ludzie ci żyją na świeczniku i muszą zważać na każdy swój krok. Dochodzimy teraz do czwartego członka gangu, znanego jako Numer Czwarty.

Głos Poirota zmienił się nieco, jak zawsze, kiedy wspominał o tej osobie.

– Numer Drugi i Numer Trzeci odnoszą sukcesy i są bezpieczni, ponieważ są powszechnie znani. Numer Czwarty, przeciwnie: zwycięża, ponieważ pozostaje w cieniu. Kim jest? Nikt tego nie wie. Jak wygląda? Nikt nie wie. Ile razy go widzieliśmy? Chyba pięć, prawda? A jednak żaden z nas nie może powiedzieć, że pozna go przy następnym spotkaniu.

Przypominając sobie pięć osób, w które – choć trudno w to uwierzyć – wcielił się jeden człowiek, musiałem przytaknąć. Potężny dozorca z zakładu dla obłąkanych, mężczyzna w zapiętym pod szyję płaszczu w Paryżu, lokaj James w Hatton Chase, doktor Quentin pojawiający się w sprawie tajemnicy żółtego jaśminu i rosyjski szachista Sawaronow. Nie łączyło ich żadne podobieństwo.

– Nie – powiedziałem zniechęcony. – Nic nie możemy z tym zrobić.

Poirot się uśmiechnął.

– Ależ, proszę cię, nie poddawaj się rozpaczy. Kilku rzeczy możemy być pewni.

– Czego? – spytałem nieprzekonany.

– Wiemy, że jest człowiekiem niezbyt wysokim, o jasnej cerze. Gdyby był wysokim mężczyzną o smagłej cerze, nie mógłby udawać jasnowłosego, krępego lekarza. Dodanie sobie kilku centymetrów w celu odegrania roli Jamesa czy Rosjanina było dziecinnie łatwe. Człowiek ten musi mieć prosty, krótki nos. Taki nos można, w razie potrzeby, powiększyć. Dużego nosa nikt się tak szybko nie pozbędzie. Poza tym jest młody, ma najwyżej trzydzieści pięć lat. Jak widzisz, wiemy o nim coraz więcej. Poszukujemy mężczyzny między trzydziestym a trzydziestym piątym rokiem życia, niezbyt wysokiego, o jasnej cerze, znającego się na sztuce charakteryzacji, bezzębnego albo mającego co najwyżej kilka zębów.

– Co?

– Ależ tak! Dozorca miał połamane i pożółkłe zęby. W Paryżu miał zęby białe i równe, u lekarza zaś były lekko wysunięte do przodu. Sawaronow miał wyjątkowo długie kły. Nic nie zmienia twarzy bardziej niż nowe zęby. Widzisz już, dokąd to nas prowadzi?

– Niezupełnie – odparłem ostrożnie.

– Ten człowiek ma zawód wypisany na twarzy.

– Jest kryminalistą! – zawołałem.

– Potrafi robić charakteryzację.

– Na jedno wychodzi.

– To dość pochopny sąd, Hastings. Aktorzy z pewnością nie zgodziliby się z tobą. Czy nie widzisz, że ten człowiek jest albo był aktorem?

– Aktorem?

– Oczywiście. Wszystkie sztuczki tego zawodu ma w małym palcu. Są dwa rodzaje aktorów: tacy, którzy stają się graną przez siebie postacią, i drudzy, którzy na swym bohaterze zawsze odciskają piętno własnej osobowości. Sławni aktorzy zwykle zachowują swoją osobowość. Graną postać zmuszają do przyjęcia cech osobowości aktora. Ci pierwsi przez całe życie grają w różnych teatrach Lloyda George'a albo przeistaczają się w brodatych staruszków. Wśród takich aktorów musimy szukać Numeru Czwartego. To świetny artysta. Staje się osobą, którą ma grać.

Zaczęło mnie to interesować.
- Myślisz, że uda nam się odnaleźć go wśród ludzi sceny?
- Twoje wnioski, Hastings, są, jak zwykle, bardzo logiczne.
- Byłoby lepiej - powiedziałem urażony - gdybyś nieco wcześniej doszedł do tego wniosku. Niepotrzebnie traciliśmy czas.
- Jesteś w błędzie, *mon ami*. Nie straciliśmy więcej czasu, niż było konieczne. Od kilku miesięcy moi agenci zajmują się tą sprawą. Jednym z nich jest Joseph Aaron. Pamiętasz go? Wreszcie dostałem listę młodych mężczyzn spełniających wszystkie warunki: mają około trzydziestu lat, bardzo pospolity wygląd, talent do grania ról charakterystycznych i od trzech lat nie pokazują się na scenie.
- I co?
Byłem bardzo zaciekawiony.
- Lista jest, rzecz jasna, bardzo długa. Od pewnego czasu wykreślamy z niej tych, którzy z różnych powodów nie wchodzą w rachubę. Ostatecznie pozostały nam cztery nazwiska. Oto one, przyjacielu.
Poirot podał mi kartkę. Zacząłem czytać na głos:
- Ernest Luttrell. Syn proboszcza z North Country. Jego moralność zawsze pozostawiała wiele do życzenia. Wyrzucono go ze szkoły publicznej. Od dwudziestego trzeciego roku życia grał w teatrach. Dalej wyliczono sztuki, w których grał, i daty spektakli z jego udziałem. Uzależniony od narkotyków. Cztery lata temu podobno wyjechał do Australii. Dzisiaj nie można go już wytropić. Wiek: trzydzieści dwa lata, wzrost: sto siedemdziesiąt osiem centymetrów, nie nosi zarostu, włosy ciemne, nos prosty, cera jasna, oczy szare. John St Maur. Nazwisko przybrane. Prawdziwe nazwisko nieznane. Prawdo-

podobnie rodowity londyńczyk. Od dzieciństwa pojawiał się na scenie. Grał w musicalach. Od trzech lat nikt o nim nie słyszał. Wiek: około trzydziestu trzech lat, wzrost: sto siedemdziesiąt siedem centymetrów, szczupły, cera jasna, oczy niebieskie. Austen Lee. Nazwisko przybrane. Prawdziwe nazwisko: Austen Foly. Pochodzi z dobrej rodziny. Zawsze wykazywał zdolności aktorskie, czym wyróżniał się już w Oksfordzie. Waleczny żołnierz w czasie wojny. Grał w wielu spektaklach, załączono ich listę. Interesował się kryminologią. Trzy lata temu po wypadku motocyklowym przeżył załamanie nerwowe. Od tego czasu nikt o nim nie słyszał. Nie wiadomo, gdzie przebywa obecnie. Wiek: trzydzieści pięć lat, wzrost: sto siedemdziesiąt sześć centymetrów, włosy ciemne, cera jasna, oczy niebieskie. Claud Darrell. Nazwisko przypuszczalnie prawdziwe. Rodzina nieznana. Grał w musicalach i sztukach repertuarowych. Nie miał przyjaciół. W roku tysiąc dziewięćset dziewiętnastym odwiedził Chiny. Wracał do kraju przez Amerykę. Wystąpił w kilku przedstawieniach w Nowym Jorku. Pewnego wieczoru nie stawił się do pracy i od tamtej pory nikt go nie widział. Nowojorska policja uznała go za zaginionego. Wiek: około trzydziestu trzech lat, wzrost: sto siedemdziesiąt osiem centymetrów, włosy ciemne, cera jasna, oczy szare.

Poirot spojrzał pytająco, chcąc zapewne poznać moją opinię.

– To bardzo interesujące – powiedziałem, odkładając kartkę. – Sporządzenie takiej listy zajęło ci aż kilka miesięcy? Tylko cztery nazwiska. Którego z nich podejrzewasz?

Przyjaciel machnął ręką.

– *Mon ami*, na to pytanie nie potrafię ci odpowiedzieć. Zwróć uwagę, że Claud Darrell był w Chinach i w Ameryce. Fakt ten ma pewne znaczenie, ale nie wolno nam wyciągać pochopnych wniosków. Możliwe, że to zwykły przypadek.

– Co dalej? – spytałem skwapliwie.

– Maszyna została wprawiona w ruch. Codziennie w prasie ukazują się oględnie sformułowane ogłoszenia. Przyjaciół i krewnych jednego i drugiego aktora proszę o kontakt z moim prawnikiem. Możliwe, że jeszcze dzisiaj... Ach, telefon! Pewnie ktoś, jak zwykle, wykręcił niewłaściwy numer i za chwilę będzie mnie przepraszał za kłopot. Chociaż może się okazać, że jednak zdarzyło się coś ciekawego.

Podszedłem do telefonu.

– Tak, tak. Mieszkanie pana Poirota. Tak, kapitan Hastings przy telefonie. Ach, to pan, McNeil! – McNeil i Hodgson byli prawnikami Poirota. – Tak, zaraz przekażę. Niebawem będziemy. – Drżąc z emocji, odłożyłem słuchawkę.

– Poirot, do biura przyszła panna Flossie Monro! Jest przyjaciółką Clauda Darrella. McNeil prosi, żebyśmy natychmiast przyjechali.

– W tej chwili! – zawołał Poirot.

Pobiegł do swojej sypialni, ale zaraz pojawił się z powrotem z kapeluszem w ręce.

Wzięliśmy taksówkę. Na miejscu poproszono nas do gabinetu pana McNeila. W fotelu naprzeciw prawnika siedziała dość dziwnie wyglądająca dama, której pierwsza młodość już przeminęła. Jaskrawożółte włosy nad uszami zwijały jej się w obfite loki. Rzęsy miała mocno uczernione, nie pożałowała też różu ani szminki.

– Ach, wreszcie pan jest, Poirot! – przywitał nas pan McNeil. – Pan Poirot, panna... Monro. Pani pofatygowała się tutaj, żeby udzielić nam pewnych informacji.

– To bardzo uprzejme z pani strony – powiedział Poirot. – Podszedł do dziwnie wyglądającej damy i uścisnął jej dłoń. – Wniosła pani do tego starego, surowego biura powiew świeżości – dodał, nie zważając na obecność pana McNeila.

Jego pochlebstwo zostało przyjęte bardzo przychylnie. Panna Monro się zaczerwieniła i uśmiechnęła uwodzicielsko.

– Ależ, panie Poirot! – zawołała. – Wy, Francuzi, jesteście nieznośni!

– Rzeczywiście, widząc prawdziwe piękno, nie potrafimy milczeć jak Anglicy. Chociaż, prawdę mówiąc, nie jestem Francuzem, tylko Belgiem.

– Byłam kiedyś w Ostendzie – oznajmiła panna Monro.

Poirot wyglądał na zadowolonego.

– Rozumiem, że ma nam pani coś do powiedzenia o panu Darrellu? – zagadnął.

– Kiedyś znałam pana Darrella – wyjaśniła kobieta. – Właśnie wyszłam już ze sklepu, kiedy zobaczyłam ogłoszenie w gazecie. Pomyślałam sobie: jakiś prawnik zainteresował się biednym Claudem, może chłopak odziedziczył po kimś pieniądze? Miałam właśnie trochę wolnego czasu, więc postanowiłam tu wpaść.

Pan McNeil wstał.

– Pewnie chciałby pan porozmawiać z panią Monro na osobności, panie Poirot?

– Bardzo pan uprzejmy. Proszę jednak nie wychodzić. Właśnie przyszedł mi do głowy pewien pomysł. Zbliża się pora drugiego śniadania. Może zjemy coś razem na mieście?

Oczy panny Monro zalśniły radością. Pomyślałem, że pewnie brakuje jej pieniędzy i chętnie skorzysta z okazji, żeby zjeść coś porządnego.

Kilka minut później siedzieliśmy w taksówce. Poirot podał adres jednej z najdroższych restauracji w Londynie. Kiedy znaleźliśmy się na miejscu, mój przyjaciel najpierw zamówił jedzenie, a potem całą uwagę poświęcił swojemu gościowi.

– Na jakie wino ma pani ochotę? Może szampana?

Panna Monro powiedziała, że jest jej wszystko jedno.

Podczas posiłku rozmawialiśmy o wszystkim i o niczym, jak starzy przyjaciele. Poirot dbał o to, żeby kieliszek panny Monro nie był pusty. Po pewnym czasie przeszedł do spraw bliższych jego sercu.

– Biedny pan Darrell. Szkoda, że nie ma go wśród nas.

– Tak, wielka szkoda – potwierdziła z westchnieniem panna Monro. – Biedny chłopak! Często się zastanawiam, co też się z nim stało.

– Zdaje się, że dawno go pani nie widziała?

– Od wieków... to znaczy od czasu wojny. Zabawny chłopak z tego Clauda. Taki zamknięty, nigdy o sobie nie mówił. Dlatego zaczęłam podejrzewać, że pewnie odziedziczył jakąś fortunę. Czy należy mu się tytuł szlachecki, panie Poirot?

– Niestety nie, chodzi tylko o pieniądze – skłamał Poirot. – Widzi pani, możemy mieć kłopoty z ustaleniem tożsamości. Dlatego szukamy kogoś, kto dobrze znał pana Darrella. Zdaje się, że pani znała go bardzo dobrze?

– Nie robię z tego tajemnicy, panie Poirot. Jest pan dżentelmenem. Pan wie, jak ugościć damę. Dzisiejsza młodzież tego nie potrafi. Wszystko schodzi na psy. Pan jest Francuzem, więc nie będzie pan urażony moją szczerością. Ach, Francuzi! Niegrzeczni chłopcy, bardzo niegrzeczni! – Panna Monro pogroziła Poirotowi palcem. – Oboje z Claudem – mówiła dalej – byliśmy tacy młodzi. To chyba zrozumiałe. Nadal darzę go szczerym uczuciem.

Chociaż on nie potraktował mnie dobrze, rozumie pan? Nie, nie był dla mnie dobry. Wszyscy są tacy sami, kiedy w grę wchodzą pieniądze.

– Ależ nie, niech pani tak nie mówi – zaprotestował Poirot i znów napełnił jej kieliszek. – Czy mogłaby mi pani powiedzieć, jak wyglądał pan Darrell?

– Nie wyróżniał się niczym szczególnym – powiedziała rozmarzonym głosem Flossie Monro. – Nie jest ani niski, ani wysoki, za to dobrze zbudowany. Zawsze wyglądał elegancko. Oczy ma szaroniebieskie. Włosy dość jasne. Ach, jaki to wspaniały artysta! Nigdy nie widziałam lepszego aktora! Gdyby nie ludzka zawiść, byłby dzisiaj sławny. Ach, panie Poirot, nie uwierzyłby pan, gdybym panu powiedziała, ile my, aktorzy, musimy wycierpieć z powodu ludzkiej zawiści. Pamiętam, jak pewnego razu w Manchesterze…

Musieliśmy wykazać się wielką cierpliwością, żeby dosłuchać do końca historii jakiejś pantomimy i niechlubnego zachowania odtwórcy głównej roli. Kiedy panna Monro wreszcie skończyła, Poirot znów zaczął mówić o Darrellu.

– To bardzo interesujące, panno Monro. Tak ciekawie pani opowiada! Kobiety mają doskonały zmysł obserwacji. Potrafią zauważyć szczegóły, które umknęłyby mężczyźnie. Widziałem kiedyś, jak pewna kobieta rozpoznała mężczyznę, wybierając spośród sześciu bardzo do siebie podobnych. Wie pani, jak jej się to udało? Zauważyła, że ten mężczyzna ma zwyczaj pocierania nosa palcem, kiedy jest zdenerwowany. Mężczyzna nie zwróciłby uwagi na taki drobiazg!

– Jakie to ciekawe! – zawołała panna Monro. – Chyba ma pan rację co do kobiet. Kiedy pan mówił, przypomniałam sobie, że Claude miał zwyczaj bawić się chlebem. Najpierw robił z chleba małą kulkę, którą potem toczył po stole, zbierając po drodze wszystkie okruchy. Setki razy przyglądałam mu się, gdy to robił. Po tym geście poznałabym go nawet na końcu świata.

– Widzi pani? Miałem rację! Kobiety zwracają uwagę na takie rzeczy. Czy mówiła pani swojemu przyjacielowi o tym jego zwyczaju?

– Nie, panie Poirot. Sam pan wie, jacy są mężczyźni! Nie lubią, gdy im się zwraca uwagę. Nigdy mu o tym nie mówiłam, chociaż często uśmiechałam się pod nosem, patrząc, jak to robi. Założę się, że nie zdawał sobie sprawy z tego swojego zwyczaju.

Poirot ze zrozumieniem pokiwał głową. Kiedy sięgnął po kieliszek, zauważyłem, że drżą mu ręce.

– Człowieka można też rozpoznać po charakterze pisma – stwierdził. – Pewnie ma pani jakiś list od pana Darrella?

Flossie Monro ze smutkiem pokręciła głową.

– Claud nie lubił pisać listów.

– Wielka szkoda – powiedział Poirot.

– Powiem panu coś – odezwała się po chwili panna Monro. – Gdzieś w domu mam jego zdjęcie, jeśli to panu pomoże.

– Ma pani zdjęcie? – Poirot aż podskoczył z radości.

– Jest stare... sprzed ośmiu lat.

– *Ça ne fait rien!** Fotografia może być stara i wyblakła! Ach, *ma foi*, mam dzisiaj szczęście! Zechciałaby pani pokazać to zdjęcie?

– Oczywiście.

– Może mógłbym zrobić sobie odbitkę? To nie potrwa długo.

– Proszę, jeśli tylko to panu pomoże.

Panna Monro wstała.

---

* *Ça ne fait rien!* (fr.) – Nic nie szkodzi!

– No, muszę już uciekać – powiedziała, uśmiechając się przymilnie. – Bardzo miło było pana poznać, panie Poirot.

– A co ze zdjęciem? Czy mógłbym je dostać?

– Poszukam go jeszcze dzisiaj i jutro je do pana wyślę.

– Stokrotne dzięki! Jest pani bardzo uczynna. Mam nadzieję, że wkrótce znów będziemy mieli przyjemność spotkać się w jakiejś dobrej restauracji.

– Przyjmuję zaproszenie – ucieszyła się panna Monro.

– Czy poznam pani adres?

Panna Monro sięgnęła do torebki i z nienaturalną u niej wyniosłością podała Poirotowi swoją wizytówkę. Była dość sfatygowana, stary adres został wytarty, a nowy dopisano ręcznie.

Poirot przy pożegnaniu wymachiwał rękami i kłaniał się wiele razy, ale w końcu rozstaliśmy się z panną Monro. Wróciliśmy do domu.

– Naprawdę myślisz, że zdjęcie jest aż tak ważne? – spytałem Poirota.

– Tak, *mon ami*. Zdjęcie nie kłamie. Można je wielokrotnie powiększyć i dostrzec pewne cechy charakterystyczne, na które normalnie nikt nie zwraca uwagi. Chodzi o tysiące szczegółów, na przykład o kształt małżowiny usznej, tego nikt nie jest w stanie opisać słowami. Tak, przyjacielu, mieliśmy wielkie szczęście. Wolę jednak podjąć pewne środki ostrożności.

Po tych słowach Poirot podszedł do telefonu i poprosił o połączenie z agencją detektywistyczną, z której usług czasem korzystał. Wydał zwięzłe i rzeczowe polecenia: dwóch ludzi ma się udać pod wskazany adres i dopilnować, żeby pannie Monro nic złego się nie stało. Mieli nie odstępować jej nawet na krok.

Poirot odłożył słuchawkę i wrócił na swoje miejsce.

– Sądzisz, że to konieczne? – spytałem.

– Możliwe. Jestem przekonany, że nas śledzą. Nieprzyjaciel wkrótce się dowie, z kim jedliśmy drugie śniadanie. Podejrzewam, że Numer Czwarty może wyczuć zagrożenie.

Dwadzieścia minut później zadzwonił telefon. Podniosłem słuchawkę. Usłyszałem czyjś rzeczowy głos:

– Rozmawiam z panem Poirotem, prawda? Dzwonię ze szpitala St James. Dziesięć minut temu przywieziono do nas kobietę, ofiarę wypadku. Nazywa się Flossie Monro. Panna Monro chce pilnie rozmawiać z panem Poirotem. Proszę się pospieszyć. Jej życie wisi na włosku.

Powtórzyłem nowinę Poirotowi. Przyjaciel zrobił się blady jak płótno.

– Szybko, Hastings! Musimy wygrać ten wyścig z czasem.

Dziesięć minut później wysiedliśmy z taksówki i weszliśmy do szpitala. Spytaliśmy o pannę Monro. Zaprowadzono nas na oddział chirurgiczny. W drzwiach zatrzymała nas pielęgniarka w białym fartuchu. Jej twarz powiedziała Poirotowi wszystko.

– Odeszła?

– Zmarła sześć minut temu.

Poirot stał jak rażony gromem.

Pielęgniarka, opacznie rozumiejąc jego emocje, zaczęła go uspokajać:

– Mogę pana pocieszyć, że panna Monro nie cierpiała. Pod koniec była nieprzytomna. Przejechał ją motocykl. Motocyklista nawet się nie zatrzymał. To straszne, prawda? Mam nadzieję, że ktoś zapisał jego numer.

– Niebo jest przeciwko nam – rzekł cicho Poirot.

– Chciałby pan ją zobaczyć?

Poirot kiwnął głową. Pielęgniarka ruszyła przodem.

Biedna Flossie Monro, wyróżowana, z farbowanymi włosami, leżała cicho. Na jej wargach zamarł lekki uśmiech.

– Tak – mruknął Poirot. – Niebo jest przeciwko nam. Chociaż nie mam pewności, czy było to zrządzenie niebios. – Wyprostował się uderzony nową myślą. – Czy rzeczywiście było to zrządzenie niebios, Hastings? – powtórzył. – Jeśli nie... Jeśli nie... Stojąc nad ciałem tej biednej kobiety, przysięgam ci, przyjacielu, że kiedy nadejdzie czas, nie będę znał litości!

– Nie rozumiem – odparłem.

Poirot nie odpowiedział, tylko zaczął rozmawiać z pielęgniarką. Trochę później udało mu się dostać listę rzeczy, które panna Monro miała w torebce. Przeczytał ją i krzyknął ze zdziwienia:

– Widzisz, Hastings? Widzisz?!

– Co takiego?

– Nie ma klucza, a przecież panna Monro musiała mieć przy sobie klucz. Teraz mam już pewność, że zamordowano ją z zimną krwią, a ten, kto się nad nią pierwszy pochylił, wyjął klucz. Może jeszcze zdążymy! Może miał trudności ze znalezieniem tego, czego szukał.

Wsiedliśmy do taksówki i pojechaliśmy do Flossie Monro. Blok był obskurny, a sąsiedztwo nieprzyjemne. Upłynęło trochę czasu, zanim wpuszczono nas do mieszkania panny Monro, ale teraz mieliśmy przynajmniej pewność, że kiedy staliśmy przed drzwiami, nikt przez nie nie wyszedł.

W końcu otworzono drzwi. Ledwie stanęliśmy na progu, zrozumieliśmy, że ktoś był tu przed nami. Zawartość szaf i szuflad wyrzucono na podłogę. Ten, kto to zrobił, bardzo się spieszył – powyłamywał zamki i poprzewracał stoliki.

Poirot zaczął myszkować wśród porozrzucanych rzeczy. Nagle krzyknął i się wyprostował. W ręce trzymał staroświecką ramkę na zdjęcie. Była pusta.

Gdy ją odwrócił, zobaczyliśmy małą okrągłą metkę z ceną.

– Kosztowała cztery szylingi – zauważyłem.

– *Mon Dieu!* Hastings, czy ty nie masz oczu? Metka jest całkiem nowa, jeszcze nie zdążyła się pobrudzić. Ten, kto zabrał zdjęcie, przykleił ją tutaj, gdyż wiedział, że tu przyjdziemy. To znak zostawiony przez Clauda Darrella, czyli Numer Czwarty.

ROZDZIAŁ 15

Wielka katastrofa

Po śmierci panny Flossie Monro zauważyłem, że Poirot stał się innym człowiekiem. Aż do tej chwili jego nieugięta pewność siebie wychodziła zwycięsko z każdej próby, teraz jednak w zachowaniu Poirota wyczuwałem nerwowość. Mój przyjaciel spoważniał, stał się niespokojny i napięty. Starał się unikać rozmów o Wielkiej Czwórce i zajął się innymi sprawami. Wiedziałem jednak, że pracuje nad czymś ważnym. Często przyjmował dziwnie wyglądających Słowian i chociaż nie chciał nic powiedzieć, domyślałem się, że z pomocą niesympatycznych cudzoziemców próbuje stworzyć nową linię obrony czy też zbudować jakąś broń. Pewnego razu Poirot poprosił, żebym znalazł mu jakąś informację, którą zapisał w swoim notesie. Przypadkiem natrafiłem wówczas na wzmiankę, że Poirot zapłacił niewyobrażalnie wielką sumę jakiemuś Rosjaninowi, którego nazwisko było tak długie, że zawierało w sobie chyba każdą literę alfabetu.

Poirot nie chciał powiedzieć, jakie ma zamiary. Co jakiś czas powtarzał tylko: „Popełniłbym błąd, gdybym nie doceniał przeciwnika. Nie wolno ci o tym zapominać, *mon ami*". Doszedłem do wniosku, że Poirot robi, co może, żeby tego błędu nie popełnić.

Tak było do końca marca. Pewnego dnia Poirot powiedział coś, co mnie bardzo zdziwiło.

– Radziłbym ci, przyjacielu, żebyś włożył dzisiaj swój najlepszy garnitur, gdyż pójdziemy z wizytą do samego ministra spraw wewnętrznych.

– Co? To bardzo ciekawe! Czyżby minister chciał powierzyć ci jakąś sprawę?

– Nie. To ja prosiłem o rozmowę. Pamiętasz może, że kiedyś wyświadczyłem ministrowi drobną przysługę? Od tego czasu zyskałem w jego osobie wielkiego entuzjastę i teraz zamierzam z tego skorzystać. Jak wiesz, francuski premier Desjardeaux przebywa w Londynie. Na moją prośbę minister obiecał umożliwić mi spotkanie z premierem Francji.

Czcigodny Sydney Crowther, królewski minister spraw wewnętrznych, był osobą znaną i popularną. Miał około pięćdziesięciu lat i przenikliwe szare oczy, ponadto słynął z dobroduszności. Przywitał nas bardzo serdecznie.

– Panie Desjardeaux – powiedział – pozwoli pan, że przedstawię pana Herkulesa Poirota. Sądzę, że nazwisko to jest panu znane.

Francuz kiwnął głową i wyciągnął dłoń.

– Oczywiście słyszałem o panu Poirocie – przyznał. – Jego nazwisko znają dzisiaj wszyscy.

– Bardzo pan łaskaw – odparł Poirot i się ukłonił. Jego twarz pokrył rumieniec zadowolenia.

– Poznaje pan starego znajomego? – odezwał się cichy głos.

Z kąta zasłoniętego wysoką biblioteczką wyszedł John Ingles. Poirot, ucieszony, uścisnął jego dłoń.

– Panie Poirot, jesteśmy do pańskich usług – zadeklarował Crowther. – Zdaje się, że ma nam pan do powiedzenia coś niezwykle ważnego.

– Tak jest, panowie. Na świecie istnieje potężna organizacja przestępcza. Kierują nią cztery osoby, znane jako Wielka Czwórka. Numer Pierwszy jest Chińczykiem o nazwisku Li Chang Yen. Numer Drugi to amerykański multimilioner Abe Ryland. Numer Trzeci to Francuzka. Mam powody przypuszczać, że Numerem Czwartym jest nikomu nieznany angielski aktor o nazwisku Claud Darrell. Ta czwórka pracuje razem w celu zniszczenia istniejącego porządku i doprowadzenia do anarchii, by przejąć władzę nad światem.

– Nie do wiary – mruknął pod nosem Francuz. – Ryland zamieszany w takie rzeczy? To niemożliwe.

– Posłuchajcie, panowie! Chcę wam przedstawić niektóre efekty działalności Wielkiej Czwórki.

Kiedy Poirot zaczął mówić, w pokoju zapadła cisza. Nawet ja, chociaż nie usłyszałem niczego nowego, z wielkim zainteresowaniem przysłuchiwałem się opowiadaniu o naszych przygodach i ucieczkach.

Poirot skończył, a pan Desjardeaux, oniemiały, spojrzał na Crowthera. Anglik również sprawiał wrażenie zdumionego.

– Tak, panie Desjardeaux. Obawiam się, że istnienie Wielkiej Czwórki musimy uznać za fakt. Scotland Yard na początku kpił z tego pomysłu, ale w końcu musiał uznać, że pan Poirot ma wiele racji w tym, co mówi. Obawiam się jednak, że pan Poirot... nieco przesadza.

Broniąc się, mój przyjaciel zwrócił uwagę na kilka istotnych spraw. Proszono mnie o zachowanie tajemnicy, mogę więc powiedzieć tylko tyle, że chodziło o tajemnicze wypadki, jakie w ciągu jednego miesiąca wydarzyły się w marynarce, oraz serię katastrof lotniczych. Poirot twierdził, że wszystko to było dziełem Wielkiej Czwórki będącej w posiadaniu tajemnic naukowych nieznanych światu.

W końcu padło pytanie, na które czekałem:

– Mówi pan, że jednym z członków tej organizacji jest Francuzka – przypomniał premier. – Czy wie pan, kto to taki?

– To osoba bardzo znana i popularna. Numerem Trzecim jest sama *madame* Olivier.

Słysząc nazwisko sławnej uczonej, następczyni małżeństwa Curie, pan Desjardeaux poderwał się z fotela i spurpurowiał na twarzy.

– *Madame* Olivier! Niemożliwe! To kłamstwo! Pan mnie obraża!

Poirot pokręcił głową, ale nic nie powiedział.

Desjardeaux patrzył na niego z oburzeniem. Po chwili uspokoił się, spojrzał na ministra spraw wewnętrznych i znacząco popukał się w czoło.

– Pan Poirot jest wielkim człowiekiem – stwierdził – ale nawet wielkich ogarnia czasem niezrozumiała mania, prawda? Tacy ludzie często dopatrują się spisków tam, gdzie ich nie ma. Takie rzeczy mogą się zdarzyć. Chyba zgodzi się pan ze mną, Crowther?

Minister spraw wewnętrznych dość długo milczał. Gdy się odezwał, mówił powoli, jakby z trudem.

– A niech mnie! Sam nie wiem. Zawsze bezgranicznie wierzyłem panu Poirotowi i nadal mu ufam, chociaż nie jest to łatwe.

– Weźmy, dla przykładu, tego Li Chang Yena – zaproponował pan Desjardeaux. – Kto o nim słyszał?

– Ja – odezwał się nagle pan Ingles.

Francuz popatrzył na niego zaskoczony. Pan Ingles wytrzymał to spojrzenie. Był tak spokojny, że przypominał chińskiego bożka.

– Pan Ingles – wyjaśnił minister spraw wewnętrznych – jest uznanym autorytetem w sprawach dotyczących Chin.

– I pan mówi, że słyszał o tym Li Chang Yenie?

– Dopóki nie odwiedził mnie pan Poirot, myślałem, że jestem jedynym człowiekiem w Anglii, który zna to nazwisko. Muszę powiedzieć, panie Desjardeaux, że Li Chang Yen jest dzisiaj jedynym, który coś w Chinach znaczy. Moim zdaniem ma on najtęższy umysł na całym świecie.

Pan Desjardeaux usiadł zrezygnowany. Po chwili jednak odzyskał pewność siebie.

– Możliwe, że w tym, co pan mówi, panie Poirot, jest ziarnko prawdy – rzekł surowym tonem. – Ale co do *madame* Olivier jest pan w błędzie. *Madame* Olivier jest prawdziwą córą swojej ojczyzny, całkowicie oddaną nauce.

Poirot wzruszył tylko ramionami, ale nic nie powiedział.

Przez chwilę panowało pełne napięcia milczenie, potem mój przyjaciel wstał, dumnie wypinając pierś. Wyglądało to dość dziwnie.

– To wszystko, co miałem do powiedzenia. Chciałem panów ostrzec. Spodziewałem się, że nie dacie mi wiary, ale teraz będziecie się mieli na baczności. Nie zapomnicie moich słów, a nowe wydarzenia umocnią waszą wiarę. Musiałem rozmawiać z wami teraz, ponieważ później może się to okazać niemożliwe.

– Chce pan powiedzieć... – zaniepokoił się Crowther.

Powaga, z jaką mówił Poirot, wywarła na nim wrażenie.

– Chcę powiedzieć, że teraz, kiedy już wiem, kim jest Numer Czwarty, moje życie nie jest warte funta kłaków. Ten człowiek za wszelką cenę będzie dążył do mojej śmierci, a nie bez powodu nazwano go Niszczycielem. Życzę panom wszystkiego najlepszego. Zostawiam panu, panie Crowther, ten klucz i zalakowaną kopertę. Wszystkie swoje notatki dotyczące tej sprawy oraz wskazówki, jak najlepiej przygotować się na nieszczęście, które w każdej chwili może spaść na świat, złożyłem w pewnym sejfie. W razie mojej śmierci upoważniam pana, panie Crowther, do wykorzystania tych dokumentów. Życzę panom dobrego dnia.

Desjardeaux ukłonił się sztywno, ale Crowther zerwał się na równe nogi i podał mojemu przyjacielowi dłoń.

– Przekonał mnie pan, Poirot. Brzmi to wprawdzie fantastycznie, ale wierzę, że wszystko, co pan nam powiedział, jest prawdą.

Ingles wyszedł razem z nami.

– Spodziewałem się tego – przyznał Poirot. – Nie miałem nadziei, że przekonam premiera Desjardeaux, ale teraz mam pewność, że w wypadku mojej śmierci tego, co wiem, nie zabiorę do grobu. Dwie osoby wierzą moim słowom. *Pas si mal!**

– Jak pan wie, ja również zgadzam się z panem – powiedział Ingles. – Wybieram się do Chin.

– Czy to mądre?

– Nie – odparł sucho Ingles – nie jest to mądre, ale wydaje się konieczne. Trzeba robić, co można.

– Jest pan dzielnym człowiekiem! – zawołał wzruszony Poirot. – Uściskałbym pana, gdyby nie fakt, że jesteśmy na ulicy.

Ingles z pewnością był z tego zadowolony.

– Nie sądzę, żeby w Chinach groziło mi coś gorszego niż panu tutaj, w Londynie – burknął.

– To prawda – przyznał Poirot. – Mam tylko nadzieję, że nie zniszczą Hastingsa. Gdyby tak się stało, byłbym bardzo nieszczęśliwy.

Przerwałem tę niewesołą rozmowę zapewnieniem, że nie zamierzam dać się zabić. Pożegnaliśmy się z Inglesem.

Przez chwilę szliśmy w milczeniu, aż wreszcie odezwał się Poirot. To, co powiedział, bardzo mnie zaskoczyło.

– Zdaje się... tak, chyba tak... Będę musiał w to wciągnąć mojego brata.

– Brata? – spytałem zdumiony. – Nie wiedziałem, że masz brata.

---

* *Pas si mal!* (fr.) – Nie najgorzej!

– Zaskakujesz mnie, Hastings. Czyżbyś nie wiedział, że każdy znany detektyw ma brata, który byłby równie znany, gdyby nie wrodzone lenistwo?

Poirot potrafił czasem mówić tak, że nie wiadomo było czy żartuje, czy jest poważny. Tak właśnie było tym razem.

– Jak ma na imię twój brat? – zainteresowałem się, próbując się przyzwyczaić do myśli, że mój przyjaciel ma bliską rodzinę.

– Achilles Poirot – odparł Poirot z powagą. – Mieszka niedaleko Spa w Belgii.

– Czym się zajmuje?

Byłem tak bardzo ciekaw tego brata, że zostawiłem na boku sprawę charakteru i dziwnych upodobań świętej pamięci pani Poirot, która wybrała dla swoich synów tak niezwykłe imiona.

– Niczym. Powiedziałem już, że jest niezwykle leniwy, chociaż zdolnościami w niczym mi nie ustępuje, a to mówi chyba bardzo wiele.

– Czy jest do ciebie podobny?

– Trochę, chociaż nie jest aż tak przystojny. Nie nosi wąsów.

– Jest od ciebie starszy czy młodszy?

– Urodził się tego samego dnia, co ja.

– Bliźniak? – zdziwiłem się.

– Tak, Hastings. Twoje rozumowanie jest bezbłędne. Zajmijmy się teraz sprawą naszyjnika hrabiny.

Okazało się jednak, że naszyjnik hrabiny będzie musiał zaczekać na sposobniejszą chwilę, gdyż my będziemy mieli zupełnie nową sprawę.

Na schodach nasza gospodyni pani Pearson powiedziała nam, że na Poirota czeka jakaś pielęgniarka.

W ustawionym naprzeciw okna fotelu siedziała sympatycznie wyglądająca kobieta w średnim wieku ubrana w ciemny strój. Z początku była nieco speszona, ale Poirot uspokoił ją na tyle, że mogła opowiedzieć swoją historię.

– Widzi pan, panie Poirot, jeszcze nigdy się z czymś podobnym nie spotkałam. Do Hertfordshire wezwano mnie z Lark Sisterhood. Miałam się opiekować starszym panem nazwiskiem Templeton. Dom i jego mieszkańcy bardzo mi się spodobali. Żona pana Templetona jest dużo młodsza od męża. W domu mieszka też syn pana Templetona z pierwszego małżeństwa. Nie powiedziałabym, żeby młody człowiek żył z macochą w wielkiej przyjaźni. Nie jest może ograniczony, ale ciężko myśli. Prawdę mówiąc, choroba pana Templetona od początku wydała mi się podejrzana. Czasem czuł się zupełnie dobrze, to znów wił się z bólu i wymiotował. Lekarza to jednak nie niepokoiło i stale powtarzał, że to nie moja sprawa. Ja jednak dużo o tym myślałam. Aż wreszcie... – Siostra nagle zamilkła i zrobiła się czerwona jak burak.

– Wydarzyło się coś, co wydało się siostrze podejrzane? – pomógł zmieszanej kobiecie Poirot.

– Tak. – Przez chwilę nic więcej nie mogła wykrztusić. Potem dodała: – Stwierdziłam, że służba również o tym mówi.

– O chorobie pana Templetona?

– Ależ nie! O... o tej drugiej sprawie...

– O pani Templeton?

– Tak.

– Pewnie o pani Templeton i o lekarzu?

Poirot miał w takich sprawach wielkie wyczucie. Pielęgniarka spojrzała na niego z wdzięcznością i znów zaczęła mówić.

– Wszyscy o tym rozmawiali. Pewnego razu, przypadkiem, zobaczyłam ich razem w ogrodzie...

Poprzestaliśmy na tym. Nasza klientka przeżywała prawdziwe katusze, zdradzając cudze tajemnice. Nie pytaliśmy, co właściwie widziała w ogrodzie. Najwyraźniej jednak pozwoliło jej to wyrobić sobie własne zdanie w sprawie postępowania pani Templeton.

– Ataki się nasilały. Doktor Treves mówił, że to zupełnie naturalne, że należało się tego spodziewać i że pan Templeton pewnie długo nie pożyje, ale ja nigdy czegoś podobnego nie widziałam, a mam przecież spore doświadczenie. Bardziej przypominało mi to... – Zawahała się.

– Zatrucie arszenikiem? – pospieszył z pomocą Poirot.

Kiwnęła głową.

– Potem mój pacjent powiedział coś dziwnego. „Oni mnie jeszcze dopadną. Tak, ta czwórka mnie kiedyś wykończy".

– Słucham? – spytał Poirot.

– Powtarzam słowa mojego pacjenta. Bardzo wtedy cierpiał i nie zdawał sobie sprawy z tego, co mówi.

– Ta czwórka mnie kiedyś wykończy – powtórzył w zamyśleniu Poirot. – Jak pani sądzi, o jaką czwórkę chodziło?

– Nie potrafię odpowiedzieć na to pytanie, panie Poirot. Pomyślałam, że może chodzić o jego żonę, syna, lekarza i pannę Clark, towarzyszkę pani Templeton. Może wydawało mu się, że wszyscy domownicy sprzysięgli się przeciw niemu?

– Bardzo możliwe – powiedział Poirot, myślami błądząc gdzie indziej.

– A co z jedzeniem? – spytał po chwili. – Nie może siostra sprawdzać tego, co podają pacjentowi?

– Robię, co mogę, ale czasem pani Templeton chce osobiście podać posiłek mężowi. Zdarza się też, że dostaję wolne.

– Oczywiście. Nie mając żadnych dowodów, nie chce pani zawiadamiać policji, jak sądzę?

Na samą myśl o policji na twarzy pielęgniarki pojawił się wyraz panicznego lęku.

– Powiem panu, co zrobiłam. Pan Templeton miał bardzo ciężki atak po zjedzeniu talerza zupy. Zebrałam resztki z talerza i kiedy pan Templeton poczuł się lepiej, powiedziałam, że mam chorą matkę i poprosiłam o wolny dzień.

Po tych słowach pielęgniarka wyjęła z torebki buteleczkę pełną ciemnego płynu i wręczyła ją Poirotowi.

– Doskonale. Oddam to do analizy. Jeśli wróci tu siostra mniej więcej za godzinę, rozwiejemy jej wątpliwości.

Potem Poirot zapisał nazwisko pielęgniarki oraz adresy ludzi, u których wcześniej pracowała, i odprowadził ją do drzwi. Kiedy wrócił, napisał list i razem z buteleczką zupy wyekspediował przez posłańca. Czekając na wyniki, zabawiał się sprawdzaniem danych pielęgniarki.

– Tak, przyjacielu – przyznał. – Muszę zachować ostrożność. Nie zapominaj, że Wielka Czwórka depcze nam po piętach.

Dowiedział się jednak, że pielęgniarka Mabel Palmer jest członkinią Lark Institute i została wysłana do domu państwa Templetonów.

– Jak dotąd, wszystko w porządku – rzekł Poirot, puszczając do mnie oko. – Słyszę na schodach kroki siostry Palmer i posłańca, który niesie wyniki analizy.

– Czy był tam arszenik? – spytała od progu zdyszana siostra.

Poirot rozłożył kartkę i pokręcił głową.

– Nie.

Byłem równie mocno zdziwiony jak siostra Palmer.

– W zupie nie było arszeniku – powiedział Poirot – ale znaleziono w niej antymon. Jedziemy do Hertfordshire. Módlmy się, żebyśmy zdążyli na czas.

Doszliśmy do wniosku, że najlepiej będzie, jeśli Poirot przyzna się, że jest detektywem, ale jako cel swojej wizyty poda konieczność zebrania informacji o byłej służącej pani Templeton zamieszanej ponoć w kradzież biżuterii.

W Elmstead – tak nazywał się dom Templetonów – znaleźliśmy się dość późno. Siostra Palmer przyjechała dwadzieścia minut przed nami. Nie chcieliśmy, żeby widziano nas razem.

Przyjęła nas pani Templeton – wysoka kobieta o miękkich ruchach, śniadej cerze i niespokojnym spojrzeniu. Zauważyłem, że głośno wciągnęła powietrze, jakby się przestraszyła, kiedy Poirot powiedział, kim jest. Bardzo chętnie odpowiadała natomiast na pytania dotyczące zwolnionej służącej. Potem Poirot, jakby wystawiając gospodynię na próbę, opowiedział o jakimś przypadku otrucia męża przez żonę. Mówiąc to, nie spuszczał oczu z pani Templeton, a ta, mimo że bardzo się starała, nie potrafiła ukryć rosnącego zdenerwowania. Nagle podniosła się, przeprosiła nas i wyszła z pokoju.

Przez chwilę byliśmy sami. Potem do pokoju wszedł dobrze zbudowany mężczyzna z drobnym rudym wąsikiem i w binoklach.

– Doktor Treves – przedstawił się. – Pani Templeton prosiła, żebym przeprosił panów w jej imieniu. Nie czuje się dobrze. Żyje w wielkim napięciu. Martwi się o męża. Kazałem jej zażyć brom i położyć się do łóżka. Chciała, żebym zaprosił panów na kolację. Wiele tu o panu słyszeliśmy, panie Poirot. Musimy wykorzystać nadarzającą się okazję. O, jest nasz Micky!

Do pokoju wszedł, powłócząc nogami, młody człowiek. Miał okrągłą twarz i śmieszne brwi uniesione w wiecznym zdziwieniu. Chłopak uśmiechnął się i wyciągnął do Poirota rękę. Nie miałem wątpliwości, że to „ciężko myślący" syn.

Chwilę później poproszono nas do jadalni. Kiedy doktor Treves wyszedł na chwilę – po butelkę wina, jak sądzę – wyraz twarzy młodego mężczyzny nagle się zmienił. Chłopak pochylił się nad Poirotem i patrzył na niego z napięciem.

– Pan przyjechał w związku ze sprawą mojego ojca – powiedział, kiwając głową. – Dobrze wiem. W ogóle wiem wiele różnych rzeczy, ale nikt nie chce mnie słuchać. Matka będzie szczęśliwa, kiedy ojciec umrze. Natychmiast wyjdzie za doktora Trevesa. Musi pan wiedzieć, że ona nie jest moją matką. Ona pragnie śmierci ojca.

Zabrzmiało to dość przerażająco. Na szczęście doktor Treves wrócił, zanim Poirot zdążył odpowiedzieć i znów podjęliśmy całkiem niewinną rozmowę.

Nagle Poirot opadł na oparcie krzesła, głośno jęcząc. Na jego twarzy pojawił się grymas bólu.

– Co panu jest? – spytał zaniepokojony lekarz.

– To nagły skurcz. Czasem mi się to zdarza. Nie, doktorze, nie potrzebuję pańskiej pomocy. Chciałbym tylko położyć się gdzieś i odpocząć.

Oczywiście natychmiast uczyniono zadość jego prośbie. Odprowadziłem przyjaciela do pokoju na piętrze i pomogłem mu, jęczącemu z bólu, położyć się na łóżku.

Na początku zaniepokoiłem się nie na żarty, ale po chwili zrozumiałem, że Poirot – mówiąc jego słowami – odgrywa maleńką scenkę, żeby znaleźć się niedaleko pokoju chorego gospodarza. Nie byłem więc zaskoczony, gdy poderwał się z łóżka, ledwie zostaliśmy sami.

– Szybko, Hastings, okno! Rośnie za nim wierzba. Czy widziałeś, co on robił podczas kolacji?

– Kto? Lekarz?

– Nie, młody Templeton. Bawił się chlebem! Pamiętasz, co powiedziała nam przed śmiercią Flossie Monro? Że Claud Darrell ma zwyczaj toczyć kulkę chleba, zbierając nią okruchy! Hastings, to jest pułapka, a młodzieniec sprawiający wrażenie niezbyt normalnego w rzeczywistości jest naszym największym wrogiem, Numerem Czwartym! Szybko!

Nie traciłem czasu na czczą dyskusję. Trudno było w to wszystko uwierzyć, wolałem się jednak pospieszyć. Starając się zachowywać jak najciszej, zeszliśmy po drzewie na dół i pobiegliśmy prosto na stację kolejową w pobliskim miasteczku. Zdążyliśmy złapać pociąg o 8.34. Około jedenastej wieczorem mieliśmy być w Londynie.

– Podstęp – rzekł zamyślony Poirot. – Zastanawiam się, ilu z nich było w to zamieszanych. Podejrzewam, że cała rodzina Templetonów to agenci Wielkiej Czwórki. Chciałbym wiedzieć, czy chodziło im tylko o to, żeby nas tam zwabić, czy też o coś jeszcze innego... Możliwe, że odegrali tę komedię tylko po to, żeby zatrzymać mnie na prowincji aż... Jestem ciekaw ich zamiarów.

Przez całą drogę Poirot był zamyślony i milczący.

Gdy stanęliśmy przed drzwiami naszego mieszkania, nie pozwolił mi wejść do środka.

– Ostrożnie, Hastings. Przypuszczam, że możemy znaleźć się w niebezpieczeństwie. Pozwól, że wejdę pierwszy.

Odsunąłem się na bok. Śmiałem się, kiedy zobaczyłem, że Poirot zapala światło, używając starego kalosza. Potem zaczął krążyć po pokoju jak kot, który znalazł się w obcym miejscu: czujnie, ostrożnie, nieufnie. Przez jakiś czas przyglądałem mu się, stojąc pod ścianą.

– Zdaje się, że wszystko w porządku – powiedziałem w końcu zniecierpliwiony.

– Tak się zdaje, przyjacielu, ale ja muszę mieć pewność.

– Bzdura! – rzuciłem. – Zapalę ogień i poszukam fajki. Ach, wreszcie udało mi się ciebie przyłapać! Ostatnio ty używałeś zapałek i nie odłożyłeś ich na półkę. Zawsze się denerwujesz, gdy ja to zrobię.

Wyciągnąłem rękę po zapałki. Usłyszałem ostrzegawczy krzyk Poirota, zobaczyłem, że biegnie w moją stronę i w tej samej chwili dotknąłem pudełka.

Nagle... zobaczyłem wysoki niebieski płomień... usłyszałem ogłuszający huk... i zapadłem w ciemność...

Gdy doszedłem do siebie, usłyszałem znajomy głos. Pochylał się nade mną doktor Ridgeway. Na jego twarzy pojawił się wyraz ulgi.

– Proszę się nie ruszać – powiedział uspokajającym tonem. – Miał pan wypadek.

– Poirot? – szepnąłem.

– Jest pan w moich rękach. Wszystko będzie dobrze.

Zacząłem się bać. Zaniepokoiła mnie ta wymijająca odpowiedź.

– Poirot? – uparłem się. – Co z Poirotem?

Doktor zrozumiał, że muszę poznać prawdę, gdyż nie uda się mnie uspokoić zmianą tematu.

– Jakimś cudem panu się udało, ale Poirotowi... niestety nie.

– On żyje! On musi żyć! – krzyknąłem głośno.

Ridgeway pochylił głowę. Na jego twarzy dostrzegłem wzruszenie.

Zebrałem wszystkie siły i usiadłem.

– Nawet jeśli Poirot nie żyje – powiedziałem słabym głosem – jego duch nie zginął. Będę kontynuował jego dzieło! Śmierć Wielkiej Czwórce!

Potem opadłem na poduszki i straciłem przytomność.

ROZDZIAŁ 16

Śmierć Chińczyka

Nawet dzisiaj trudno mi pisać o tamtych marcowych dniach. Poirot – niezwykły, niezastąpiony – nie żył! Było coś diabelskiego w pomyśle niedbałego rzucenia pudełka zapałek, gdyż można było mieć pewność, że Poirot zechce odłożyć je na miejsce i spowoduje wybuch. Fakt, że ja przyspieszyłem katastrofę, nie dawał mi spokoju. Doktor Ridgeway twierdził, że tylko cudem wyszedłem z tego cało. Nie byłem nawet poważnie ranny.

Wydawało mi się, że leżałem nieprzytomny przez chwilę, okazało się jednak, że trwało to ponad dwadzieścia cztery godziny. Dopiero wieczorem następnego dnia chwiejnym krokiem przeszedłem do sąsiedniego pokoju, by z głębokim wzruszeniem spojrzeć na prostą drewnianą trumnę kryjącą w sobie szczątki najbardziej niezwykłego człowieka, jakiego znał świat.

Od momentu odzyskania świadomości myślałem tylko o jednym: żeby pomścić śmierć Poirota, niestrudzenie tropiąc Wielką Czwórkę.

Spodziewałem się, że Ridgeway poprze mnie całym sercem, okazało się jednak, że doktor jest dziwnie powściągliwy.

– Proszę wracać do Ameryki – powtarzał przy każdej okazji. – Po co porywać się na rzecz niemożliwą?

Mówił wprawdzie ogródkami, zrozumiałem jednak, że – zdaniem doktora – tam, gdzie nie powiodło się niezwykłemu detektywowi, ja również muszę ponieść porażkę.

Mimo wszystko uparcie trwałem przy swoim. Nie myśląc wiele o tym, czy mam potrzebne umiejętności (nawiasem mówiąc, w tej sprawie nie zgadzałem się z poglądami doktora Ridgewaya), doszedłem do wniosku, że tak długo pracowałem z Poirotem, iż zdołałem poznać jego metody i sposoby działania, co pozwoli mi podjąć rozpoczęte przez niego dzieło. Czułem, że stać mnie na to. Mój przyjaciel został podstępnie zamordowany. Czy mogłem spokojnie wrócić do Ameryki, nawet nie próbując go pomścić?

Wyjaśniłem to doktorowi Ridgewayowi. Słuchał mnie z uwagą.

– Mimo wszystko – powiedział, kiedy skończyłem mówić – moja rada pozostaje niezmienna. Jestem przekonany, że nawet sam Poirot, gdyby tu był, zgodziłby się ze mną. Proszę pana, Hastings, niech pan zrezygnuje z tych szalonych pomysłów i wraca na swoje ranczo.

Nic nie było w stanie zmienić mojego postanowienia. Doktor ze smutkiem pokręcił głową i przestał mnie przekonywać.

Dopiero miesiąc później odzyskałem siły. Pod koniec kwietnia poprosiłem o spotkanie z ministrem spraw wewnętrznych.

Pan Crowther mówił to samo co doktor Ridgeway. Próbował mnie uspokoić i nakłonić do zmiany planów. Ofiarowałem mu pomoc. Był wdzięczny, ale nie chciał korzystać z moich usług. Powiedział, że otrzymał dokumenty, które zostawił Poirot, i zapewnił mnie, że robi wszystko, by zażegnać niebezpieczeństwo.

Niczego się od niego nie dowiedziałem. Na koniec pan Crowther raz jeszcze prosił, żebym jak najszybciej wrócił do Ameryki. Czułem się rozczarowany.

Sądzę, że powinienem teraz opisać pogrzeb Poirota. Uroczystość była wzruszająca i pełna powagi. Na grobie złożono niewiarygodną ilość kwiatów. Przynosili je ludzie bogaci i biedni. Było to wielkim świadectwem szacunku, jakim cieszył się mój przyjaciel w kraju, który wybrał na ojczyznę. Ja sam, stojąc nad grobem, czułem się przygnębiony. Wspominałem miłe chwile, które spędziliśmy razem.

Na początku maja naszkicowałem sobie plan strategiczny. Czułem, że najlepiej będzie wykorzystać pomysł Poirota i za pomocą dyskretnych anonsów starać się zdobyć dalsze informacje o Claudzie Darrellu. Dałem krótkie ogłoszenia do kilku porannych gazet. Siedziałem w niedużej, przyjemnej restauracji w Soho, czekając, jaki będzie ich efekt. Przeglądając gazetę, znalazłem w niej coś, co bardzo mnie poruszyło.

Otóż John Ingles w tajemniczy sposób zniknął ze statku Shanghai wkrótce po wypłynięciu z portu w Marsylii. Pogoda była wprawdzie dobra, jednak zrodziła się obawa, że nieszczęsny podróżny wypadł za burtę. Lakoniczną notatkę kończyła informacja o długiej i wiernej służbie pana Inglesa w Chinach.

Zrobiło mi się nieprzyjemnie. Śmierć Inglesa wydała mi się podejrzana. Ani przez chwilę nie wierzyłem, że to był wypadek. Ingles z pewnością został zamordowany przez przeklętą Wielką Czwórkę!

Siedziałem przejęty i rozmyślałem nad tą sprawą, gdy nagle zwróciłem uwagę na dziwne zachowanie człowieka, który zajął wolne krzesło przy moim stoliku. Był to szczupły, śniady mężczyzna w średnim wieku, miał niezdrową cerę i niewielką spiczastą bródkę.

Nawet nie zauważyłem, kiedy usiadł naprzeciwko mnie, teraz jednak zaczął zachowywać się bardzo dziwnie. Pochylił się do przodu, wziął solniczkę i usypał na brzegu mojego talerza cztery niewielkie kupki soli.

– Bardzo przepraszam – odezwał się smutnym głosem – ale mówią, że podając sól nieznajomemu, ściągamy na niego nieszczęście. To może się okazać nieuniknione. Mam jednak nadzieję, że stanie się inaczej. Liczę, że okaże się pan człowiekiem rozsądnym.

Potem ostentacyjnie usypał cztery kupki soli na swoim talerzu. Znak czwórki był tak oczywisty, że nie mogłem pozostać na niego ślepy. Spojrzałem mężczyźnie prosto w twarz. W niczym nie przypominał młodego Templetona, lokaja Jamesa ani żadnego z mężczyzn, których spotkaliśmy z Poirotem. Byłem jednak przekonany, że mam do czynienia z samym Numerem Czwartym. Jego głos przypominał głos mężczyzny w zapiętym płaszczu, który odwiedził nas w Paryżu.

Rozejrzałem się wokół, zastanawiając się, co robić. Mężczyzna uśmiechnął się i pokręcił głową, jakby czytał w moich myślach.

– Nie radzę – powiedział. – Proszę sobie przypomnieć, co wynikło z pańskiej pochopnej akcji w Paryżu. Zapewniam pana, że mam przygotowaną drogę ucieczki. Pańskie pomysły, kapitanie Hastings, są nieco prostackie, jeśli wolno mi tak powiedzieć.

– Ty diable wcielony! – zawołałem, krztusząc się z gniewu.

– Nie, jestem zwykłym człowiekiem, tylko dość gwałtownym. Pański nieszczęsny przyjaciel powiedziałby panu, że ten, kto nie traci zimnej krwi, zawsze ma przewagę nad przeciwnikiem.

– Jak pan śmie o nim wspominać! – krzyknąłem znowu. – Zabił go pan podstępnie, a teraz przychodzi tu…

– Przychodzę – przerwał mi bezceremonialnie – żeby zaproponować panu zawieszenie broni. Radzę wrócić do Ameryki. Jeśli pan to zrobi, Wielka Czwórka da panu spokój. Zarówno pan, jak i pańska żona będziecie bezpieczni. Daję na to swoje słowo.

Zaśmiałem się z pogardą.

– A co będzie, jeśli nie posłucham tego bezczelnego polecenia?

– Nie radzę panu. Niech to wystarczy za ostrzeżenie. – W jego głosie pojawiła się nowa, lodowata nuta. – To moje pierwsze ostrzeżenie – dodał szeptem. – Radzę go nie lekceważyć.

Zanim zrozumiałem, co się dzieje, mój przeciwnik wstał i znalazł się przy drzwiach. Poderwałem się na równe nogi, ale nieszczęśliwym zbiegiem okoliczności wpadłem na wysokiego, niewiarygodnie grubego mężczyznę, który właśnie podniósł się od sąsiedniego stolika. Gdy próbowałem go ominąć, mój ptaszek był już na ulicy. W tej samej chwili wpadł na mnie kelner z tacą pełną talerzy. Kiedy wreszcie dotarłem do drzwi, po mężczyźnie z czarną bródką nie było już śladu.

Kelner przepraszał mnie uniżenie, a grubas usiadł kilka stolików dalej i spokojnie zamówił zupę. Nic nie wskazywało na to, że wszystko zostało z góry ukartowane, ja jednak miałem wyrobione zdanie w tej sprawie. Dobrze wiedziałem, że Wielka Czwórka wszędzie ma swoich agentów.

Nie muszę chyba pisać, że nie przestraszyła mnie groźba Numeru Czwartego. Byłem zdecydowany walczyć na śmierć i życie.

Na moje ogłoszenia odpowiedziały tylko dwie osoby, ale żadna z nich nie miała pożytecznych informacji: zgłosiło się dwóch aktorów grających swego czasu z Claudem Darrellem. Żaden z nich nie był z kolegą zaprzyjaźniony i nie wiedział, co Darrell obecnie porabia ani też gdzie przebywa.

Nie słyszałem również nic o Wielkiej Czwórce. Dziesięć dni po niepokojącym spotkaniu w kawiarni szedłem zamyślony przez Hyde Park, kiedy usłyszałem zmysłowy głos z wyraźnym obcym akcentem:
– Czyżby to był kapitan Hastings?
Na poboczu zatrzymała się wielka limuzyna. Z okna wychyliła się kobieta. Była ubrana w elegancką czarną suknię i nosiła piękne perły. Poznałem hrabinę Rosakow, agentkę Wielkiej Czwórki, w tej roli występującą pod innym nazwiskiem. Poirot, z jakiegoś niepojętego powodu, zawsze darzył hrabinę sympatią. Pewnie podziwiał w niej ogromną pewność siebie i upodobanie do życia w wielkim stylu. Kilka razy słyszałem, jak mówił z uznaniem, że drugiej takiej kobiety jak hrabina darmo by szukać. Nigdy nie przejmował się tym, że zazwyczaj była naszą przeciwniczką i stawała po stronie naszych najzagorzalszych wrogów.
– Proszę nie przechodzić obok mnie obojętnie – powiedziała hrabina. – Mam panu coś ważnego do powiedzenia. Niech pan nie próbuje mnie aresztować, to byłoby głupie. Pan zawsze był dość głupi. Ależ tak, wiem, co mówię. Postępuje pan niemądrze, lekceważąc nasze ostrzeżenie. Niech pan natychmiast opuści Anglię. Mówiąc całkiem szczerze, nic pan tu nie wskóra. Panu nigdy nic się nie udaje.
– W takim razie – odparłem zimno – nie rozumiem, dlaczego zależy wam na tym, żebym opuścił ten kraj.
Hrabina wzruszyła ramionami. Ramiona miała piękne i poruszała nimi z wielką gracją.
– Jeśli chodzi o mnie, byłabym skłonna zgodzić się z panem. Zostawiłabym pana tutaj i pozwoliła kontynuować zabawę. Szefowie wszakże obawiają się, że może pan powiedzieć coś, co będzie wskazówką dla ludzi od pana inteligentniejszych. Dlatego musi pan wyjechać.

Hrabina najwyraźniej nie miała wielkiego mniemania o mnie ani o moich umiejętnościach. Postanowiłem nie okazywać niezadowolenia, gdyż przyszło mi na myśl, że pewnie chce mnie zdenerwować i przekonać, iż jestem człowiekiem, z którym Wielka Czwórka nie musi się liczyć.

– Usunięcie pana nie sprawiłoby nam trudności – mówiła dalej hrabina – ja jednak bywam czasem sentymentalna. Wstawiłam się za panem. Ożenił się pan przecież z bardzo miłą kobietą. Biedny mały pan, którego dzisiaj już nie ma na tym świecie, byłby zadowolony, gdyby wiedział, że pan nie straci życia. Muszę przyznać, że zawsze go lubiłam. Był mądry, bardzo mądry! Gdyby nie fakt, że walczył sam przeciwko czwórce przeciwników, obawiam się, że mógłby nas pokonać. Przyznam szczerze, że uważam go za swojego mistrza. W dowód uznania złożyłam na jego grobie piękny wieniec z purpurowych róż. Purpurowe róże symbolizują mój temperament.

Słuchałem jej w milczeniu, z rosnącym oburzeniem.

– Wygląda pan jak muł, który kładzie po sobie uszy i wierzga. Cóż, ostrzegłam pana. Niech pan nie zapomina, że trzecie ostrzeżenie przyjmie pan z rąk Niszczyciela.

Po tych słowach dała kierowcy znak i samochód szybko odjechał. Zapamiętałem sobie jego numer, chociaż nie miałem najmniejszej nadziei, że to mi w czymś pomoże. Wielka Czwórka nigdy nie zapominała o najdrobniejszych nawet szczegółach.

Wróciłem do domu. Zacząłem się bać. Potok słów, jaki wyrzuciła z siebie hrabina, uświadomił mi jedno: moje życie wisi na włosku. Nie zamierzałem się poddawać, postanowiłem jednak, że będę ostrożniejszy.

Myślałem o tym i zastanawiałem się, co powinienem zrobić, kiedy zadzwonił telefon.

– Słucham. Kto mówi?

Usłyszałem chrapliwy głos.

– Tu szpital St Giles. Przyniesiono do nas Chińczyka, który został pchnięty nożem. Nie pożyje długo. Dzwonimy do pana, gdyż w jego kieszeni znaleźliśmy kartkę z pańskim adresem.

Zdziwiłem się. Po chwili zastanowienia postanowiłem pojechać do szpitala St Giles, niedaleko portu. Pomyślałem, że Chińczyk najpewniej zszedł ze statku.

Dopiero po drodze przyszło mi do głowy, że – być może – pakuję się w pułapkę. Może wszystko zostało zaaranżowane? Chińczyk może być człowiekiem Li Chang Yena. Przypomniałem sobie pułapkę zastawioną na Poirota w chińskiej dzielnicy. Czy znów mam dać się oszukać?

Po krótkim namyśle doszedłem jednak do wniosku, że wizyta w szpitalu nie może mi zaszkodzić. Prawdopodobnie tym razem nie zastawiono na mnie pułapki, tylko – jak się niezbyt ładnie mówi – zarzucono haczyk. Umierający Chińczyk przekaże mi jakieś informacje i skieruje mnie tam, gdzie Wielka Czwórka będzie mogła mnie dopaść. Postanowiłem mieć się na baczności, cały czas udając naiwną wiarę we wszystko, co usłyszę.

W szpitalu St Giles wyjaśniłem, po co przyszedłem. Zaprowadzono mnie na oddział reanimacyjny. Ranny mężczyzna leżał nieruchomo, z zamkniętymi oczami. Jego pierś unosiła się nieznacznie, ilekroć z trudem udało mu się nabrać powietrza. Przy łóżku stał lekarz i badał puls pacjenta.

– Śmierć jest tuż – szepnął. – To pański znajomy, prawda?

Pokręciłem głową.

– Widzę go pierwszy raz w życiu.

– Skoro tak, to skąd miał w kieszeni pański adres? Rozmawiam chyba z kapitanem Hastingsem, prawda?

– Tak, muszę jednak przyznać, że sam nic z tego nie rozumiem.

– Dziwna sprawa. Z dokumentów wynika, że Chińczyk był służącym emerytowanego pracownika administracji państwowej o nazwisku Ingles. Ach, widzę, że pan go znał – stwierdził lekarz.

Słysząc znajome nazwisko, zadrżałem.

Służący Johna Inglesa! To znaczy, że znam tego mężczyznę! Nie poznałem go jednak, gdyż wszyscy Chińczycy wydają mi się do siebie podobni jak dwie krople wody. Widocznie płynął z Inglesem do Chin, a teraz wrócił do Anglii. Może zamierzał mi przekazać jakąś wiadomość? Koniecznie chciałem wiedzieć, co ma do powiedzenia.

– Czy jest przytomny? – spytałem. – Może mówić? Pan Ingles był moim przyjacielem. Możliwe, że jego służący ma mi coś przekazać. Pan Ingles, jak słyszałem, utonął dziesięć dni temu.

– Jest przytomny, ale nie sądzę, żeby miał siłę mówić. Stracił mnóstwo krwi. Mogę dać mu zastrzyk pobudzający, ale zrobiliśmy już chyba wszystko, co w naszej mocy.

Lekarz zrobił zastrzyk. Stałem przy łóżku, czekając na jakieś słowo, jakiś znak, który mógłby się okazać dla mnie bezcenną pomocą. Minuty mijały i nic się nie działo.

Nagle w głowie postała mi przerażająca myśl. Może już wpadłem w pułapkę? Może Chińczyk tylko udawał służącego Inglesa, a w rzeczywistości jest agentem Wielkiej Czwórki? Czytałem kiedyś, że chińscy kapłani potrafią symulować śmierć. Zresztą Li Chang Yen może kierować grupą fanatyków na polecenie mistrza gotowych ponieść śmierć. Muszę się mieć na baczności.

W tej chwili człowiek na łóżku poruszył się i otworzył oczy. Mamrotał jakieś niezrozumiałe słowa. Po chwili zaczął mi się przyglądać. Miałem wrażenie, że mnie nie poznaje, ale chce mi coś powiedzieć. Przestałem się zastanawiać, czy to przyjaciel, czy wróg, i pochyliłem się nad łóżkiem.

To, co usłyszałem, nie miało żadnego sensu. Zdawało mi się, że umierający powiedział „handel", ale nie rozumiałem kontekstu. Potem znów powtórzył to samo, dodając tym razem słowo „largo". Zestawienie tych dwóch słów nasunęło mi pewne skojarzenia.

– *Largo* Händla? – spytałem.

Powieki Chińczyka zatrzepotały, jakby chciał potwierdzić, że dobrze go rozumiem. Na koniec wymamrotał jeszcze włoskie słowo *carrozza*, po czym opadł na łóżko bez przytomności.

Lekarz odepchnął mnie na bok. Było już po wszystkim. Chińczyk nie żył.

Wyszedłem na dwór. Miałem nadzieję, że na świeżym powietrzu łatwiej mi będzie myśleć. Byłem zdumiony. Jeśli dobrze pamiętam, *carrozza* to powóz. Co mogą znaczyć te dziwne słowa? Dlaczego Chińczyk mówił po włosku? Jeśli był służącym Inglesa, powinien znać angielski. Wracając spacerem do domu, nie przestawałem nad tym rozmyślać. Och, gdyby tak mieć u boku Poirota z jego błyskotliwą inteligencją!

Doszedłem do domu. Otworzyłem drzwi i powoli wszedłem na górę. Na stole leżał list. Nie myśląc o tym, co robię, otworzyłem kopertę. Kiedy przeczytałem wiadomość, zamarłem z wrażenia.

List wysłano z biura znanego prawnika.

Szanowny Panie! – czytałem. – *Na prośbę naszego zmarłego klienta przesyłamy Panu ten zapieczętowany list. Powierzono nam go na tydzień przed śmiercią naszego klienta z prośbą, żebyśmy, w wypadku jego śmierci, w określonym dniu przesłali go Panu.*

Szczerze oddany...

Kilkakrotnie obróciłem w dłoniach drugą, mniejszą kopertę. Nie miałem wątpliwości, że adresował ją Poirot. Dobrze znałem jego pismo. Z ciężkim sercem, ale też z nadzieją, wyjąłem list.

Drogi Przyjacielu! – pisał Poirot. – *Kiedy dostaniesz ten list, mnie już nie będzie. Nie wylewaj próżnych łez, tylko wypełnij moje polecenie. Natychmiast wracaj do Ameryki Południowej. Nie bądź głupi! Ta podróż jest konieczna. Musisz mnie posłuchać. To jest częścią planu Herkulesa Poirota! Człowiekowi tak inteligentnemu, jak mój przyjaciel Hastings, nie muszę chyba mówić więcej. À bas* z Wielką Czwórką! Pozdrawiam Cię, Przyjacielu, zza grobu.*

Zawsze Twój
Herkules Poirot

Musiałem ten dziwny list przeczytać kilka razy. Jedno było jasne: Poirot, ten niezwykły człowiek, tak przygotował wszystko na wypadek swojej śmierci, żeby jego plany były realizowane nawet bez jego udziału. On miał być reżyserem, a ja wykonawcą. Byłem pewien, że po drugiej stronie oceanu czekają na mnie dokładne instrukcje. Tymczasem moi wrogowie, przekonani, że ich posłuchałem, przestaną się o mnie kłopotać. Gdy wrócę, posieję panikę w ich szeregach.

Teraz już nic nie przeszkadzało mi w powrocie do Ameryki. Wysłałem telegramy, zarezerwowałem miejsce i tydzień później wsiadłem na pokład Anonii płynącej do Buenos Aires.

---

* *À bas* (fr.) – Precz

Ledwie statek wypłynął z zatoki, steward przyniósł mi list. Powiedział, że wręczył go wysoki mężczyzna w futrze, który w ostatniej chwili wysiadł na ląd.

Otworzyłem kopertę. Wiadomość była krótka i rzeczowa.

Postępuje pan bardzo mądrze – przeczytałem. List podpisano wielką cyfrą cztery.

Uśmiechnąłem się pod nosem.

Morze było dość spokojne. Kolacja była dobra. Przez jakiś czas przyglądałem się pasażerom na statku, potem poszedłem pograć w karty. Kiedy wróciłem do siebie, położyłem się i zasnąłem kamiennym snem, jak zawsze, ilekroć podróżuję statkiem.

Obudziłem się z wrażeniem, że ktoś mną trzęsie. Jeszcze nie całkiem przytomny ze zdumieniem zobaczyłem nad sobą twarz jednego z oficerów pokładowych. Gdy usiadłem, oficer z ulgą odetchnął.

– Dzięki Bogu! Wreszcie się pana dobudziłem! Zawsze ma pan taki mocny sen?

– O co chodzi? – spytałem. Nie doszedłem jeszcze do siebie. – Czy coś się stało? – powtórzyłem z niepokojem.

– Przypuszczam, że pan wie na ten temat więcej ode mnie – padła oschła odpowiedź. – Wykonuję specjalne rozkazy Admiralicji. Czeka już na pana niszczyciel.

– Co?! – zawołałem. – Na środku oceanu?

– To rzeczywiście bardzo dziwne, ale to nie moja sprawa. Mamy już na pokładzie młodego człowieka, który zajmie pańskie miejsce. Wszystkich nas zobowiązano do dochowania tajemnicy. Może zechce się pan teraz ubrać?

Nic z tego nie rozumiejąc, zrobiłem, co mi kazano. Po chwili spuszczono na wodę szalupę i przewieziono mnie na pokład niszczyciela. Zostałem przywitany bardzo uprzejmie, ale niczego się nie dowiedziałem. Komandor otrzymał rozkaz wysadzenia mnie na brzeg gdzieś w Belgii. Na tym kończyła się jego wiedza i odpowiedzialność.

Wszystko to przypominało dziwny sen. Jak deski ratunkowej trzymałem się myśli, że to wszystko musiał zaplanować Poirot. Postanowiłem ślepo zaufać nieodżałowanemu przyjacielowi.

W końcu wysadzono mnie na brzeg. Czekał tam na mnie motocykl i wkrótce pędziliśmy przed siebie krętymi drogami. Przenocowałem w hotelu w Brukseli. Nazajutrz znów ruszyliśmy w drogę. Okolica zrobiła się górzysta. Zrozumiałem, że kierujemy się na Ardeny, i wówczas przypomniałem sobie, że Poirot mówił o bracie w Spa.

Nie dojechaliśmy jednak do Spa. Nieco wcześniej skręciliśmy z głównej drogi między zalesione góry i trafiliśmy do małej wioski położonej na zboczu wzniesienia. Samochód zatrzymał się przed zielonymi drzwiami białej willi.

Zanim wysiadłem, drzwi domu się otworzyły i stanął w nich starszy służący. Powitał mnie niskim ukłonem.

– *Monsieur le capitaine** Hastings? – zapytał. – Czekamy na *monsieur le capitaine*. Proszę za mną.

Służący przeszedł na drugą stronę korytarza, otworzył jakieś drzwi i stanął w nich, przepuszczając mnie przodem.

Przez moment nic nie widziałem, gdyż okna pokoju wychodziły na zachód i wpadało przez nie oślepiające słońce. Kiedy moje oczy nieco się przyzwyczaiły, zobaczyłem mężczyznę wyciągającego dłoń na przywitanie.

Nie mogłem uwierzyć własnym oczom, a jednak...

– Poirot! – zawołałem.

Pierwszy raz w życiu nie próbowałem się wyrwać z niedźwiedziego uścisku przyjaciela.

---

* *Monsieur le capitaine* (fr.) – Pan kapitan

– Tak, to naprawdę ja. Nie tak łatwo zabić Herkulesa Poirota!
– Ale po co to wszystko?
– To był *ruse de guerre**, przyjacielu. Teraz wszystko jest już gotowe. Czas atakować.
– Mogłeś mi powiedzieć!
– Nie, Hastings, nie mogłem. Gdybyś nawet ćwiczył przez tysiąc lat, nie umiałbyś zachować się na pogrzebie tak przekonująco. Wszystko poszło wspaniale. Wielka Czwórka niczego nie podejrzewa.
– Zapominasz o tym, przez co musiałem przejść…
– Nie sądź, że mam serce z kamienia. Całe to udawanie było potrzebne również dla twojego bezpieczeństwa. Byłem gotów poświęcić swoje życie, ale nie chciałem szafować twoim. Po eksplozji przyszedł mi do głowy wspaniały pomysł. Ridgeway pomógł mi wszystko zorganizować. Ja umieram, a ty wracasz do Ameryki. Tyle że ty, mój przyjacielu, nie chciałeś wracać. W końcu zmuszony byłem wymyślić list od prawnika i całą tę późniejszą maskaradę. Cieszę się, że wreszcie jesteś przy mnie. Teraz zostaniemy tu, *perdu***, aż do ostatniego *grand coup****, kiedy ostatecznie pokonamy Wielką Czwórkę.

---

* *ruse de guerre* (fr.) – fortel wojenny
** *perdu* (fr.) – tu: w ukryciu
*** *grand coup* (fr.) – tu: rozstrzygającego uderzenia

ROZDZIAŁ 17

Numer Czwarty wygrywa potyczkę

Z bezpiecznej kryjówki w Ardenach obserwowaliśmy rozwój wydarzeń na całym świecie. Codziennie dostarczano nam dużo różnych gazet, a Poirot otrzymywał pękatą kopertę zawierającą – jak sądzę – jakieś raporty. Nigdy mi ich nie pokazywał, ale z jego zachowania mogłem się domyślać, czy nowiny były pomyślne, czy wręcz przeciwnie. Poirot nigdy nie wątpił, że nasz plan musi zakończyć się sukcesem.

– Szczerze mówiąc, Hastings – powiedział pewnego dnia – martwiłem się nieustannie, że spotka cię coś złego. Z tego powodu byłem rozdrażniony, ale teraz jestem rad. Nawet jeśli odkryją, że kapitan Hastings, który wysiadł na brzeg w Ameryce Południowej, jest oszustem, chociaż wydaje mi się to wątpliwe, gdyż nie sądzę, żeby posłali tam agenta, który zna cię osobiście, to pomyślą, że usiłujesz ich przechytrzyć, i nie poświęcą zbyt wiele czasu na ustalenie miejsca twojego pobytu. Z pewnością nie zmienią już swoich planów.

– Co dalej? – chciałem wiedzieć.

– Wkrótce, *mon ami*, nastąpi wielkie zmartwychwstanie Herkulesa Poirota! Pojawię się pięć przed dwunastą, siejąc popłoch, i odniosę wielkie, niepowtarzalne zwycięstwo!

Zrozumiałem, że próżność Poirota jest odporna na wszelkie ataki, przypomniałem mu jednak, że nieprzyjaciel wygrał już kilka potyczek. Mimo to Poirot mówił o swoich metodach z niezmiennym entuzjazmem.

– Widzisz, Hastings, to jest trochę tak, jak w kartach. Widziałeś pewnie, jak to robią. Bierzesz cztery walety, jednego kładziesz na wierzchu talii, drugiego na spodzie, a pozostałe dwa w środku. Potem tasujesz karty, aż walety znajdą się obok siebie. Taki mam cel. Dotąd walczyłem z różnymi członkami Wielkiej Czwórki po kolei. Teraz chciałbym zgromadzić ich w jednym miejscu jak walety w talii kart i za jednym zamachem zniszczyć wszystkich!

– Jak zamierzasz to zrobić?

– Czekając na stosowną chwilę, siedząc *perdu*, aż będą gotowi do ataku.

– To może trochę potrwać – jęknąłem.

– Zawsze jesteś niecierpliwy, przyjacielu. Nie, nie będziemy długo czekać. Wielka Czwórka usunęła przecież z drogi jedynego człowieka, którego się obawiała: Herkulesa Poirota. Daję im dwa, najwyżej trzy miesiące.

Wzmianka o usunięciu kogoś z drogi przypomniała mi o tragicznej śmierci Inglesa. Nagle uświadomiłem sobie, że dotąd nie powiedziałem Poirotowi o Chińczyku, który zmarł w szpitalu St Giles.

Poirot słuchał mnie z wielkim zainteresowaniem.

– Służący Inglesa, tak? Powiedział tylko kilka słów, w tym po włosku? Ciekawe.

– Właśnie dlatego zacząłem podejrzewać, że Wielka Czwórka próbowała złapać mnie na haczyk.

– To błędne myślenie, Hastings. Uruchom swoje szare komórki. Gdyby twoi wrogowie chcieli wyprowadzić cię w pole, wybraliby Chińczyka mówiącego po angielsku, ale z obcym akcentem. Powtórz mi jeszcze raz, co od niego usłyszałeś.

– Najpierw wspomniał *Largo* Händla, a potem powiedział coś, co brzmiało jak *carrozza*… To znaczy powóz, prawda?

– Tylko tyle?
– Mówił jeszcze coś, co brzmiało jak *cara** jakaś tam... Nie pamiętam, jakiego użył imienia. Chyba Zia. Nie sądzę, żeby to mogło mieć jakieś znaczenie.
– Ty z pewnością nie domyśliłbyś się prawdy, Hastings. *Cara Zia*... To ważne, bardzo ważne...
– Nie rozumiem.
– Przyjacielu, ty nigdy nie rozumiesz. Zresztą Anglicy nie znają geografii.
– Geografii? – krzyknąłem zdumiony. – Co geografia może mieć z tym wspólnego?
– Ośmielę się zauważyć, że pan Thomas Cook** byłby innego zdania.

Poirot, jak zwykle irytujący, nie chciał powiedzieć nic więcej. Zauważyłem jednak, że od tej chwili stał się weselszy, jakby był bardziej pewny zwycięstwa.

Mijały dni – przyjemne, chociaż nieco monotonne. W willi nie brakowało książek, a okolica zachęcała do spacerów. Czasem jednak irytowała mnie wymuszona bezczynność. Zadowolenie Poirota wydawało mi się trudne do zniesienia. Przez pewien czas nic nie mąciło naszego spokoju, aż do czerwca. Długo przed upływem czasu wyznaczonego przez Poirota znów usłyszeliśmy o Wielkiej Czwórce.

Pewnego dnia wcześnie rano zajechał przed nasz dom samochód. Było to wydarzenie tak niezwykłe, że natychmiast zbiegłem na dół, sprawdzić, co się dzieje. Poirot rozmawiał już z sympatycznie wyglądającym mężczyzną w moim wieku. Przedstawił mi go.

---

* *cara* (wł.) – kochana
** Thomas Cook (1808–1892) – brytyjski przedsiębiorca, który założył pierwsze biuro podróży, opracował też jeden z pierwszych przewodników turystycznych (przyp. red.).

– To jest kapitan Harvey, jeden z najbardziej znanych pracowników wywiadu.

– Obawiam się, że nie jestem znany – powiedział młody człowiek, śmiejąc się.

– Miałem na myśli fakt, że jest pan znany tym, którzy wiedzą. Większość znajomych kapitana Harveya ma go za sympatycznego, ale lekkomyślnego młodzieńca, którego interesuje tylko polowanie na lisy. Wróćmy jednak do tematu. Sądzi pan, że nadszedł czas?

– Jesteśmy tego pewni, sir. Wczoraj Chiny zostały odcięte od reszty świata. Nikt nie wie, co się tam dzieje. Panuje kompletna cisza. Nie wydostała się stamtąd ani jedna informacja.

– Li Chang Yen pokazał, co potrafi. A reszta?

– Abe Ryland tydzień temu przyjechał do Anglii. Wczoraj wyprawił się na kontynent.

– Co z panią Olivier?

– Wczoraj wieczorem wyjechała z Paryża.

– Do Włoch?

– Do Włoch, sir. Z tego, co wiemy, obydwoje kierują się do ośrodka wypoczynkowego, o którym pan wspominał, chociaż nikt nie ma pojęcia, skąd pan...

– Ach, to nie moja zasługa. To wielkie osiągnięcie kapitana Hastingsa. Wie pan, mój przyjaciel ukrywa swoją inteligencję, ale mu jej nie brakuje.

Harvey popatrzył na mnie z uznaniem. Poczułem się zażenowany.

– A więc zaczęło się!

Poirot był teraz blady i poważny.

– Nadszedł nasz czas. Czy wszystko gotowe? – spytał.

– Zrobiliśmy, co pan kazał. Rządy Włoch, Francji i Anglii współpracują w tej sprawie i przekazują panu słowa poparcia.

– Zawiązała się nowa Ententa – stwierdził oschle Poirot. – Cieszę się, że udało się przekonać premiera Desjardeaux. *Eh bien**, zaczynajmy. Wyjeżdżam. Ciebie, Hastings, proszę, żebyś tu został. Naprawdę, przyjacielu, mówię to zupełnie poważnie.

Wierzyłem mu, ale nie zamierzałem się na to zgodzić. Sprzeczka trwała krótko, ale była zażarta.

Dopiero w pociągu pędzącym do Paryża Poirot przyznał, że cieszy go moja decyzja.

– Ty również musisz odegrać swoją rolę, Hastings. Ważną rolę! Bez ciebie mogłoby mi się nie udać. Mimo to sądziłem, że powinienem nalegać, byś został w Belgii...

– Czyżby groziło nam niebezpieczeństwo?

– *Mon ami*, tam, gdzie jest Wielka Czwórka, zawsze jest niebezpiecznie.

W Paryżu pojechaliśmy na Gare de l'Est** i Poirot w końcu wyjawił cel naszej podróży. Mieliśmy jechać do Bolzano w Tyrolu.

Gdy Harvey wyszedł z przedziału, skorzystałem z okazji, żeby spytać Poirota, dlaczego powiedział, że to ja zdobyłem informację o miejscu spotkania Wielkiej Czwórki.

– Ponieważ to prawda, przyjacielu. Nie wiem, w jaki sposób Ingles się o tym dowiedział, ale mu się udało i przesłał tę wiadomość przez swojego służącego. Jedziemy nad Karersee, czyli po włosku Lago di Carezza***. Teraz rozumiesz, dlaczego wydawało ci się, że słyszysz *cara Zia, carrozza* i *largo*. Nazwisko Händla podpowiedziała ci twoja własna wyobraźnia. Prawdopodobnie John Ingles wszedł

---

* *Eh bien* (fr.) – tu: No dobrze

** *Gare de l'Est* – Dworzec Wschodni, jeden z sześciu głównych dworców kolejowych w Paryżu (przyp. red.).

*** *Lago di Carezza* (niem. Karersee) – jezioro w Dolomitach w Tyrolu Południowym (przyp. red.).

w posiadanie tej informacji w wyniku jakiegoś handlu i to słowo uruchomiło twoje skojarzenia.

– Karersee? – zdziwiłem się. – Nigdy nie słyszałem tej nazwy.

– Zawsze mówiłem, że wy, Anglicy, nie znacie geografii. Nad tym pięknym jeziorem w sercu Dolomitów znajduje się dość znany kurort położony na wysokości tysiąca dwustu metrów nad poziomem morza.

– I właśnie w tej dziurze Wielka Czwórka wyznaczyła sobie spotkanie?

– Mają tam swój sztab. Otrzymali znak i zamierzają zniknąć ze świata, żeby z górskiej fortecy kierować wszystkim. Zbadałem to. Zgromadzono tam wielkie ilości skał i minerałów. Wszystko to zrobiła niewielka włoska firma, za którą stoi Abe Ryland. Mogę się założyć, że w samym sercu gór wydrążono potężne tunele, doskonale ukryte i niedostępne. Stamtąd przywódcy organizacji będą wydawali rozkazy swoim zwolennikom, a w każdym kraju mają ich tysiące. Ze skał Dolomitów w stosownej chwili wyjdą na powierzchnię dyktatorzy, władcy całego świata. Choć powinienem raczej powiedzieć, że tak by się stało, gdyby nie Herkules Poirot.

– Naprawdę w to wierzysz? A co z armiami i z całą cywilizacją?

– A co się stało z Rosją, Hastings? Powtórzą to, co wydarzyło się w Rosji, tyle że na wielką skalę. Eksperymenty *madame* Olivier są bardziej zaawansowane, niż uczona przyznaje. Przypuszczam, że udało jej się uwolnić energię atomową i że Wielka Czwórka jest gotowa wykorzystać ten wynalazek do własnych celów. Jej badania nad azotem zawartym w powietrzu były bardzo interesujące. *Madame* eksperymentowała też ze skoncentrowaną energią przekazywaną bez pośrednictwa kabli. Prowadzono próby skierowania wiązki energii o wielkiej mocy w konkretne miejsce. Nikt nie wie, z jakim wynikiem, wiadomo tylko, że próby powiodły się lepiej, niż powszechnie sądzono. Ta kobieta jest geniuszem i współpracuje z genialnym, bajecznie bogatym Rylandem oraz z Li Chang Yenem, człowiekiem niezwykle inteligentnym, najbłyskotliwszym przestępcą, z jakim miałem do czynienia. To Chińczyk kieruje całą operacją. Ale nie dojdzie do katastrofy cywilizacyjnej.

To, co usłyszałem od Poirota, dało mi do myślenia. Mój przyjaciel często przesadzał, ale nie był panikarzem. Po raz pierwszy zrozumiałem, jak trudną i poważną walkę przyszło nam stoczyć.

Wkrótce do przedziału wrócił Harvey.

Do Bolzano dotarliśmy w południe. Stamtąd pojechaliśmy dalej autem. Na rynku czekało na nas kilka dużych niebieskich samochodów. Zajęliśmy trzy.

Poirot, nie zważając na upał, po czubek nosa owinął się szalikiem. Widać było tylko uszy i oczy. Nie wiem, czy kierowała nim ostrożność, czy tylko przesadna obawa przed katarem. Podróż samochodem zajęła nam dwie godziny. Mijaliśmy piękne okolice. Na początku to zjeżdżaliśmy ze wzniesień, to znów podjeżdżaliśmy na strome skały, często mijając wodospady. Potem wjechaliśmy do żyznej doliny długości kilku kilometrów. Dalej droga znów zaczęła się wspinać w górę na skały o kamienistych szczytach u stóp porośnięte sosnowymi lasami. Przyroda była tu dzika i piękna. Wreszcie wzięliśmy kilka ostrych zakrętów, jadąc ciągle przez las, i nagle zobaczyliśmy przed sobą hotel stanowiący cel naszej podróży.

Pokoje zostały wcześniej zarezerwowane i Harvey natychmiast nas do nich zaprowadził. Z okien widać było kamieniste szczyty i porośnięte drzewami stoki. Poirot wskazał ręką rozpościerające się przed nami piękno i spytał cicho:

– Tutaj?

– Tak – potwierdził Harvey. – Jest tam miejsce zwane labiryntem. Wielkie głazy o fantastycznych kształtach wznoszą się ku niebu, a wśród nich biegnie wąska ścieżka. Kamieniołomy znajdują się na prawo od tego miejsca, sądzimy jednak, że wejście jest w labiryncie.

Poirot pokiwał głową.

– Chodź, *mon ami* – zwrócił się do mnie. – Zejdziemy na dół i usiądziemy na tarasie, żeby rozkoszować się słońcem.

– Sądzisz, że to mądre?

Poirot wzruszył ramionami.

Słońce rzeczywiście świeciło bardzo mocno, moim zdaniem nieco zbyt mocno. Zamiast herbaty wypiliśmy kawę ze śmietanką, po czym wróciliśmy na górę, żeby się rozpakować. Z Poirotem nie dało się rozmawiać. Sprawiał wrażenie całkowicie pogrążonego w jakichś marzeniach. Kilka razy pokręcił głową i westchnął.

Zaintrygował mnie człowiek, który w Bolzano wysiadł z pociągu i odjechał prywatnym samochodem. Był niski i – na co zwróciłem uwagę – okutany po uszy, tak samo jak Poirot albo nawet bardziej, gdyż dodatkowo miał na nosie wielkie niebieskie okulary. Byłem przekonany, że jest emisariuszem Wielkiej Czwórki. Poirot był odmiennego zdania. Gdy wyglądając przez okno łazienki, zobaczyłem tego dziwnego człowieka spacerującego przed hotelem, pomyślałem, że jednak miałem rację.

Prosiłem przyjaciela, żeby nie schodził na kolację, ale Poirot się uparł. Spóźnieni weszliśmy do jadalni. Dostaliśmy miejsce przy oknie. Ledwie usiedliśmy, usłyszeliśmy głośne przekleństwo i brzęk tłuczonej porcelany. Kelner upuścił talerz pełen zielonej fasolki na mężczyznę przy sąsiednim stoliku.

Natychmiast podszedł szef sali i zaczął go przepraszać. Kiedy nieostrożny kelner przyniósł nam zupę, Poirot go zagadnął:

– Przykry wypadek. Ale to chyba nie była pańska wina?

– Pan to widział? Nie, to nie moja wina. Ten pan nagle zerwał się z krzesła. Myślałem, że to jakiś atak. Nic nie mogłem na to poradzić. Fasolka wysypała mu się na głowę.

W oczach Poirota pojawił się dobrze mi znany zielony blask. Gdy kelner odszedł, Poirot szepnął:

– Widzisz, Hastings, jakie wrażenie zrobiło pojawienie się Herkulesa Poirota całego i zdrowego?

– Sądzisz... – Nie zdołałem dokończyć zdania. Poczułem, że Poirot kurczowo zaciska palce na mojej dłoni.

– Patrz, Hastings, patrz! Zobacz, jak się bawi chlebem! Numer Czwarty!

Rzeczywiście, siedzący przy sąsiednim stoliku mężczyzna o niezwykle bladej cerze odruchowo toczył po stole kulkę chleba.

Spojrzałem na niego z uwagą. Gładko wygolona twarz była tłusta, jakby obrzmiała. Nieznajomy miał worki pod oczami, a od nosa do kącików ust biegły dwie głębokie bruzdy. Równie dobrze mógł mieć trzydzieści pięć, jak i czterdzieści pięć lat. W niczym nie przypominał osób, za które przebierał się w przeszłości Numer Czwarty. Gdyby nieświadomie nie bawił się chlebem, mógłbym przysiąc, że nigdy tego człowieka nie widziałem.

– Poznał cię – mruknąłem. – Nie powinieneś schodzić na dół.

– Ależ, Hastings, specjalnie w tym celu przez trzy miesiące udawałem martwego.

– Żeby przestraszyć Numer Czwarty?
– Przestraszyć go w chwili, gdy musi działać szybko w obawie przed klęską. Mamy nad nim przewagę. On nie wie, że go poznaliśmy. W nowym przebraniu czuje się bezpieczny. Jestem niezmiernie wdzięczny Flossie Monro za to, że powiedziała nam o tym jego zwyczaju.
– Co teraz będzie?
– Jak to co? Zobaczył jedynego człowieka, którego się bał, cudownie zmartwychwstałego w dniu, w którym mają się zrealizować plany Wielkiej Czwórki. Państwo Olivier i Ryland jedli tu dzisiaj obiad. Wszyscy sądzą, że pojechali do Cortiny. Tylko my wiemy, że udali się do swojej kryjówki. Ile wiemy? To pytanie zadaje sobie teraz Numer Czwarty. Nie może ryzykować. Za wszelką cenę musi wyeliminować zagrożenie. *Eh bien** niech spróbuje wyeliminować Herkulesa Poirota! Czekam.

Zanim Poirot skończył mówić, mężczyzna wstał od stolika i wyszedł.

– Musi poczynić przygotowania – stwierdził spokojnie Poirot. – Wypijemy filiżankę kawy na tarasie, przyjacielu? Tam będzie przyjemniej. Pójdę po płaszcz.

Wyszedłem na taras. Byłem niespokojny. Poirot był pewny siebie, ale mnie się to wszystko nie podobało. Pomyślałem jednak, że jeśli będziemy się mieć na baczności, nic złego się nam nie przytrafi. Postanowiłem zachować czujność.

Czekałem na Poirota kilka długich minut.

Mój przyjaciel zawsze obawiał się kataru, dlatego nie zdziwiłem się, widząc, że wraca owinięty szalikiem. Usiadł obok mnie i z przyjemnością popijał kawę.

---

* *Eh bien* (fr.) – tu: A zatem

– Tylko w Anglii podają okropną kawę – powiedział. – Na kontynencie rozumieją, że właściwie zaparzona kawa dobrze robi na trawienie.

Kiedy to mówił, na tarasie pojawił się mężczyzna, który jadł obiad przy sąsiednim stoliku. Przysiadł się do nas.

– Mam nadzieję, że panom nie przeszkadzam – odezwał się po angielsku.

– Bynajmniej – odparł Poirot.

Wytrąciło mnie to z równowagi. Na tarasie było wprawdzie wiele osób, ale ja odczuwałem niepokój. Coś mi mówiło, że grozi nam niebezpieczeństwo.

Numer Czwarty prowadził z Poirotem zdawkową rozmowę. Łatwo było zapomnieć, że nie jest zwykłym spokojnym turystą. Mówił o pieszych i samochodowych wycieczkach po okolicy. Odniosłem wrażenie, że doskonale zna te tereny.

Potem wyjął z kieszeni fajkę i zapalił. Poirot wyjął swoje papierosy. Nieznajomy podał mu ogień.

– Służę panu – powiedział.

W tej samej chwili zgasły wszystkie światła. Usłyszałem brzęk tłuczonego szkła i poczułem pod nosem coś śmierdzącego, dławiącego...

ROZDZIAŁ 18

W labiryncie

Przez chwilę byłem nieprzytomny. Kiedy doszedłem do siebie, dwóch mężczyzn wlokło mnie gdzieś, trzymając pod ręce. W ustach miałem knebel. Wokół panowały nieprzeniknione ciemności, odnosiłem jednak wrażenie, że nie wyszliśmy z hotelu. Słyszałem jakieś krzyki i liczne głosy dopytujące się w różnych językach, co się dzieje. Po jakichś schodach ściągnięto mnie na dół. Potem znaleźliśmy się w korytarzu piwnicznym, skąd wyszliśmy na dwór przez szklane drzwi na tyłach hotelu. Po chwili byliśmy już w lesie.

Kątem oka dostrzegłem drugą postać, w identycznej sytuacji jak moja. Zrozumiałem, że Poirot również padł ofiarą tego śmiałego ataku.

Bezczelność Numeru Czwartego zapewniła mu zwycięstwo. Domyślałem się, że rozbił nam pod nosem niewielkie buteleczki z jakimś środkiem oszałamiającym (może chlorkiem etylu). Jego wspólnicy wyłączyli światło. W powstałym zamęcie siedzący na tarasie mężczyźni zakneblowali nas i wyciągnęli na zewnątrz, klucząc nieco w celu zmylenia pościgu.

Trudno opisać to, co działo się potem. Pędzono nas przez las w morderczym tempie, cały czas pod górę. Kiedy znaleźliśmy się na otwartej przestrzeni, zobaczyłem przed sobą skały i głazy o przedziwnych kształtach.

Zrozumiałem, że zbliżamy się do labiryntu, o którym mówił Harvey. Kilka minut później zaczęła się wędrówka krętą ścieżką. Pomyślałem, że miejsce to przypomina dzieło jakiegoś genialnego, ale złego olbrzyma.

Nagle się zatrzymaliśmy. Drogę zamykała ogromna skała. Jeden z mężczyzn schylił się i coś chyba nacisnął, gdyż niespodziewanie, bez najmniejszego hałasu, skała zaczęła się przesuwać, otwierając wejście do tunelu prowadzącego do wnętrza góry.

Wepchnięto nas do środka. Na początku tunel był wąski, ale po chwili się rozszerzył. Wkrótce doszliśmy do dużego pomieszczenia wykutego w skale, oświetlonego światłem żarówek. Wyjęto nam kneble. Numer Czwarty dał znak, żeby nas przeszukać. Zabrano nam wszystko, co mieliśmy w kieszeniach, łącznie z małym pistoletem Poirota. Nasz wróg przyglądał się nam z miną zwycięzcy.

Gdy zobaczyłem broń Poirota leżącą na stole, zrozumiałem, że nadszedł koniec. Zostaliśmy pokonani.

– Witam w siedzibie Wielkiej Czwórki, panie Poirot – powiedział Numer Czwarty z kpiną w głosie. – Spotkanie z panem jest dla mnie nieoczekiwaną przyjemnością. Zastanawiam się tylko, czy warto było wracać po to zza grobu.

Poirot nie odpowiadał. Nie miałem odwagi na niego spojrzeć.

– Tędy proszę – mówił dalej Numer Czwarty. – Moi wspólnicy zdziwią się, widząc pana tutaj.

Gestem kazał nam przejść przez jedne z drzwi. Znaleźliśmy się w innym pokoju. Przy ścianie stały stół i cztery krzesła. Na jednym leżała udrapowana peleryna mandaryna. Na drugim rozparł się Abe Ryland z cygarem w ustach. Na trzecim zaś siedziała pani Olivier o płomiennych oczach i twarzy zakonnicy. Ostatnie krzesło zajął Numer Czwarty.

Staliśmy teraz przed Wielką Czwórką.

Patrząc na puste krzesło, miałem wrażenie, że zajmuje je sam Li Chang Yen, w rzeczywistości kierujący tą przestępczą organizacją z dalekich Chin.

Na nasz widok pani Olivier krzyknęła ze zdziwienia. Ryland, bardziej opanowany, wyjął tylko cygaro z ust i uniósł do góry gęste brwi.

– Pan Herkules Poirot – rzekł spokojnie. – Cóż za miła niespodzianka! Słusznie obarczał nas pan winą za wszystko, co złe. Myśleliśmy, że z panem już koniec. Nie szkodzi, teraz i tak wszystko wyjdzie na jaw.

W jego głosie słychać było groźbę.

Pani Olivier nic nie powiedziała, tylko patrzyła na nas płomiennym wzrokiem, uśmiechając się tak, że przeszył mnie dreszcz.

– *Madame*, *messieurs*, życzę udanego wieczoru – odezwał się Poirot.

W jego głosie było coś dziwnego, coś, co kazało mi spojrzeć na przyjaciela. Odniosłem wrażenie, że chociaż zachował zimną krew, wygląda jakoś niezwykle.

Potem usłyszeliśmy jakiś ruch za naszymi plecami i do pokoju weszła hrabina Rosakow.

– Ach! – krzyknął Numer Czwarty. – Nasza nieoceniona i zaufana pomocnica. Jest tu pani dawny przyjaciel.

Hrabina, jak zawsze, poruszała się szybko i zwinnie.

– Wielki Boże! – zawołała. – Toż to nasz mały człowieczek! Doprawdy jest niezniszczalny. Och, mój mały człowieczku! W co ty się wplątałeś?

– *Madame* – odparł Poirot, kłaniając się hrabinie – podobnie jak Napoleon, jestem po tej stronie, która dysponuje wielką armią.

Kiedy Poirot zaczął mówić, w oczach hrabiny pojawiło się zaskoczenie, a ja nagle zrozumiałem coś, co przed chwilą podpowiedziała mi intuicja.

Człowiek, który stał obok mnie, to nie był Herkules Poirot!

Był do niego niezwykle podobny: miał taką samą jajowatą głowę, dumną postawę i skłonność do tycia, ale głos miał inny, oczy nie były zielone, tylko ciemne, a wąsy... te słynne wąsy...

Moje rozmyślania przerwała hrabina. Podeszła bliżej i zaczęła mówić z wielkim ożywieniem:

– Oszukali was! To nie jest Herkules Poirot!

Numer Czwarty krzyknął ze zdumienia, hrabina zaś pochyliła się i pociągnęła Poirota za wąsy, a one zostały jej w ręce. Wszystko stało się jasne. Górną wargę mężczyzny udającego wielkiego detektywa zniekształcała szrama nadająca jego twarzy dziwny wyraz.

– To nie jest Herkules Poirot – mruknął do siebie Numer Czwarty. – W takim razie kto to może być?

– Ja wiem! – zawołałem niespodziewanie. Dopiero potem zrozumiałem, że wszystko popsułem.

Mężczyzna, którego nadal będę nazywał Poirotem, spojrzał na mnie bez złości.

– Zechciej powiedzieć im prawdę. Teraz to nie ma znaczenia. Sztuczka nam się udała.

– To jest Achilles Poirot – wyjaśniłem – bliźniaczy brat Herkulesa Poirota.

– Niemożliwe! – rzucił Abe Ryland.

Widziałem, że jest przejęty.

– Plan Herkulesa powiódł się nadspodziewanie dobrze – powiedział z zadowoleniem Achilles.

Numer Czwarty poderwał się z krzesła. Głos miał chrapliwy i groźny.

– Powiódł się, tak? – warknął. – Czy zdajesz sobie sprawę z tego, że za kilka minut będziesz trupem?

– Tak – odparł z powagą Achilles Poirot. – Wiem o tym. To pan zdaje się nie rozumieć, że są ludzie gotowi oddać życie za zwycięstwo w słusznej sprawie. Wielu ludzi straciło życie na wojnie w obronie kraju, a ja jestem gotów poświęcić życie, broniąc świata.

W tej chwili przyszła mi do głowy myśl, że ja również jestem gotów oddać życie za tę sprawę, ale nikt mnie o to nie pyta. Przypomniałem sobie jednak, że Poirot nalegał, żebym został w Belgii, więc przestałem się złościć.

– Jaką korzyść przyniesie światu twoja śmierć? – spytał rozbawiony Ryland.

– Widzę, że nie rozumie pan planu Herkulesa. Wasza sekretna siedziba od wielu miesięcy jest obserwowana. Prawie wszyscy goście i pracownicy hotelu to detektywi i agenci służb specjalnych. Góry są otoczone. Nawet jeśli macie stąd kilka wyjść, to i tak nie uciekniecie. Operacją prowadzoną na zewnątrz kieruje sam Poirot. Zanim zszedłem na taras, gdzie zająłem miejsce brata, moje buty posmarowano anyżem. Psy już podjęły nasz ślad i doprowadzą pościg do skały zamykającej wejście. Jak widzicie, bez względu na to, co z nami zrobicie, pętla na waszych szyjach zaczęła się zaciskać. Nie wydostaniecie się stąd.

Pani Olivier zaśmiała się niespodziewanie.

– Jest pan w błędzie! Możemy uciec, za przykładem Samsona niszcząc jednocześnie naszych nieprzyjaciół. Co pan na to, przyjacielu?

Ryland nie mógł oderwać wzroku od Achillesa Poirota.

– A jeśli on kłamie? – spytał chrapliwym głosem.

Poirot wzruszył ramionami.

– Za godzinę zacznie świtać. Wówczas sami się przekonacie, że mówię prawdę. Spodziewam się, że nasi ludzie już są przy wejściu do labiryntu.

Zanim skończył mówić, usłyszeliśmy odległy pomruk wybuchu. Chwilę później do pokoju wbiegł jakiś mężczyzna, wykrzykując niezrozumiałe słowa. Ryland poderwał się z krzesła i wyszedł. Pani Olivier przeszła na drugi koniec pokoju i otworzyła drzwi, których wcześniej nie zauważyłem. Zanim je zamknęła, zdążyłem zobaczyć świetnie wyposażone laboratorium przypominające to, które zwiedziłem we Francji. Numer Czwarty również wstał i wyszedł. Po chwili wrócił z pistoletem Poirota. Podał broń hrabinie.

– Nie mają najmniejszej szansy na ucieczkę – powiedział złowróżbnym tonem – ale na wszelki wypadek dam pani ten pistolet.

Potem znów wyszedł.

Hrabina podeszła do nas. Przez długą chwilę przyglądała się mojemu towarzyszowi. Potem się zaśmiała.

– Jest pan bardzo inteligentny, panie Achillesie – powiedziała złośliwie.

– Porozmawiajmy o interesach. Dobrze się składa, że zostaliśmy sami. Jaką proponuje pani cenę?

– Nie rozumiem. Jaką cenę ma pan na myśli?

– Pani może umożliwić nam ucieczkę. Pani zna tajne wyjście z podziemi. Pytam, jaka jest pani cena.

Hrabina znów się zaśmiała.

– Tak wysoka, że na pewno nie zdołałby pan jej zapłacić. Nie można mnie kupić za pieniądze!

– *Madame*, ja nie mówię o pieniądzach. Jestem człowiekiem inteligentnym. Jednak prawdą jest, że każdy ma swoją cenę. W zamian za życie i wolność jestem gotów spełnić pragnienie pani serca.

– Czyżby był pan czarodziejem?

– Jeśli pani chce, może mnie tak nazywać.

Hrabina przestała wreszcie kpić. Teraz mówiła z wielką goryczą.

– Ależ z pana głupiec! On spełni pragnienie mojego serca! Może mi pan pomóc zemścić się na wrogach? Może mi pan zwrócić młodość, urodę i radość życia? Może pan wskrzesić zmarłych?

Achilles Poirot przyglądał się jej z uwagą.

– Które z tych trzech życzeń mam spełnić, *madame*? Proszę wybierać.

Hrabina zaśmiała się gorzko.

– Może ofiaruje mi pan eliksir życia? Dobrze, dobijmy targu! Kiedyś miałam dziecko. Jeśli je pan odnajdzie, zwrócę wam wolność.

– Zgadzam się, *madame*. Umowa stoi! Wkrótce odzyska pani swoje dziecko. Tak! Przyrzekam to pani na... na Herkulesa Poirota.

Tym razem hrabina śmiała się długo, niepohamowanie.

– Drogi panie Poirot – rzekła w końcu. – Przyznaję, że zastawiłam na pana pułapkę. To bardzo miło, że zobowiązał się pan odszukać moje dziecko, ja jednak wiem, że jest to rzecz niemożliwa do wykonania, więc nasza umowa byłaby raczej nieuczciwa.

– *Madame*, przysięgam na świętych aniołów, że zwrócę pani dziecko!

– Już pana pytałam, panie Poirot, czy może pan przywracać życie zmarłym?

– To znaczy, że dziecko...

– Tak! Nie żyje!

Poirot złapał ją za rękę.

– *Madame*, ja... ja, który z panią rozmawiam, przysięgam raz jeszcze: przywrócę życie zmarłemu.

Hrabina stała bez ruchu jak zahipnotyzowana.

– Nie wierzy mi pani? Dam pani dowód. Proszę przynieść notes, który mi zabrano.

Hrabina wyszła z pokoju, ale po chwili wróciła z notesem w ręce. Ani na moment nie wypuszczała z ręki pistoletu. Pomyślałem, że Achillesowi nie uda się wywieść jej w pole. Hrabina Wiera Rosakow nie była głupia.

– Proszę go otworzyć, *madame*. Za okładką... tak, tutaj. Niech pani wyjmie fotografię i spojrzy na nią.

Hrabina wyjęła z notesu jakieś zdjęcie. Spojrzała na nie, krzyknęła i zachwiała się, po chwili jednak zebrała siły i podbiegła do mojego towarzysza.

– Gdzie? Gdzie? Musi mi pan powiedzieć! Gdzie?

– Pamięta pani o naszej umowie?

– Tak, tak, zaufam panu. Szybko! Musimy zdążyć, zanim tamci wrócą.

Chwyciła go za rękę i pociągnęła za sobą. Poszedłem za nimi. Wyszliśmy do pierwszego pokoju i skierowaliśmy się do tunelu, którym tu przyszliśmy. Nieco dalej korytarz się rozwidlał. Skręciliśmy w prawo. Potem było jeszcze wiele rozwidleń. Hrabina nie wahała się, wybierając drogę. Biegła coraz szybciej.

– Żebyśmy tylko zdążyli – powtarzała, ciężko dysząc. – Musimy stąd wyjść, zanim wszystko wybuchnie.

Biegliśmy. Domyślałem się, że tunel przechodzi pod górą i że kierujemy się ku jakiemuś innemu wyjściu po drugiej stronie. Pot wąskimi strumyczkami spływał mi po twarzy, ale nie zatrzymałem się ani na moment.

Potem, gdzieś daleko, dostrzegłem światło dnia. Byliśmy coraz bliżej wyjścia. Po chwili zauważyłem zielone krzewy. Dobiegliśmy do nich i zaczęliśmy się przeciskać. Wyszliśmy na powierzchnię. W bladym świetle świtu wszystko wydawało się różowe.

Poirot mówił prawdę. Góry były otoczone. Zanim mój wzrok przyzwyczaił się do światła, zostałem skrępowany przez trzech mężczyzn. Dopiero po chwili puścili mnie zaskoczeni.

– Szybko! – zawołał mój towarzysz. – Szybko, nie mamy czasu do stracenia...

Nie zdążył dokończyć zdania. Ziemia pod naszymi stopami zadrżała, usłyszeliśmy przerażający huk i cała góra zatrzęsła się w posadach. Nie sposób było utrzymać się na nogach.

Nie wiem, jak długo byłem nieprzytomny. Kiedy doszedłem do siebie, leżałem w obcym łóżku, w nieznanym mi pokoju. Przy oknie ktoś siedział. Słysząc, że się ruszam, odwrócił się i podszedł do łóżka.
Poznałem Achillesa Poirota. Chociaż...
Dobrze mi znany, ironiczny głos rozwiał ostatnie wątpliwości.
– Ależ tak, mój przyjacielu, to ja. Achilles, mój brat, wrócił na swoje miejsce: do krainy baśni. Przez cały czas byłem przy tobie. Nie tylko Numer Czwarty potrafi stroić się w cudze piórka. Kilka kropel belladonny do oczu, ofiara z moich pięknych wąsów, szrama, którą okupiłem dwa miesiące temu wielkim bólem... Nie mogłem przecież ryzykować. Numer Czwarty był przebiegły i spostrzegawczy. Bardzo mi pomogłeś. Byłeś święcie przekonany o istnieniu Achillesa Poirota. Ten sukces co najmniej w połowie zawdzięczam tobie, przyjacielu. Oni musieli uwierzyć, że Herkules Poirot został na zewnątrz i kieruje całą operacją. To był jedyny blef. Poza tym wszystko było prawdziwe: anyż, kordon otaczający góry...
– Dlaczego nie pozwoliłeś, żeby ktoś zajął twoje miejsce?
– Miałem się zgodzić, żeby dostali cię w swoje ręce? Co ty sobie myślisz! Zresztą od początku miałem nadzieję, że hrabina pomoże nam się wydostać.
– Nie rozumiem, jak udało ci się ją namówić. Nawet ja nie uwierzyłem w historyjkę, którą jej opowiedziałeś.
– Hrabina jest od ciebie dużo inteligentniejsza. Na początku dała się nabrać i myślała, że jestem bratem bliźnia-

kiem Herkulesa, ale szybko domyśliła się prawdy. Kiedy powiedziała: „Jest pan bardzo inteligentny, panie Achillesie", wiedziałem, że mnie poznała. Wówczas musiałem zagrać kartą atutową.

– Chodzi ci o te bzdury z przywracaniem życia zmarłym?

– Tak. Widzisz, ja wiem o tym dziecku wszystko.

– Co?

– Znasz moje motto: bądź przygotowany. Gdy tylko dowiedziałem się, że hrabina Rosakow współpracuje z Wielką Czwórką, zacząłem badać jej powiązania. Dowiedziałem się, że miała dziecko, które podobno zginęło. W historii związanej z jego śmiercią było kilka nieścisłości, które obudziły we mnie podejrzenie, że wszystko to może być jedynie grą. W końcu udało mi się odszukać chłopca. Musiałem za niego zapłacić dużo pieniędzy. Biedny malec był ledwie żywy z głodu. Umieściłem go u dobrych ludzi, w bezpiecznym miejscu. Tam zrobiłem mu zdjęcie. Dzięki temu w stosownej chwili mogłem odegrać swoją sztuczkę!

– Jesteś wspaniały, Poirot! Niezrównany!

– Sprawiło mi to prawdziwą przyjemność. Zawsze podziwiałem hrabinę. Byłoby mi przykro, gdyby zginęła w podziemiach.

– Bałem się o to pytać... Co się stało z Wielką Czwórką?

– Odnaleziono już wszystkie ciała. Numer Czwarty miał zmiażdżoną głowę, trudno go było rozpoznać. Wolałbym, żeby było inaczej... Chciałbym mieć pewność... Ale nie mówmy już o tym. Spójrz.

Podał mi gazetę. Jeden paragraf zaznaczono ołówkiem. Dotyczył on samobójczej śmierci Li Chang Yena, przywódcy nieudanego przewrotu w Chinach.

– Mój wielki przeciwnik – rzekł Poirot z powagą. – Widocznie było nam pisane, żebyśmy się nigdy nie spotkali. Gdy usłyszał o tym, co się tu wydarzyło, wybrał najprostsze rozwiązanie. Miał wielki umysł, przyjacielu. Żałuję tylko, że nie widziałem twarzy człowieka, który był Numerem Czwartym... Kiedy pomyślę, że... Ale to tylko fantazja. On nie żyje. Tak, przyjacielu, razem stawiliśmy czoło Wielkiej Czwórce i pokonaliśmy ją. Będziesz mógł wreszcie wrócić do swojej uroczej żony, a ja wycofam się z życia zawodowego. To była największa sprawa w moim życiu. Tak, czas odpocząć. Chyba zajmę się hodowlą dyń! Niewykluczone też, że wreszcie się ożenię i zacznę prowadzić spokojne, uporządkowane życie!

Po tych słowach roześmiał się serdecznie, chociaż z lekkim zażenowaniem. Mam nadzieję... Niscy mężczyźni miewają upodobanie do pełnych życia kobiet.

– Ożenię się i zacznę prowadzić spokojne życie – powtórzył Poirot. – Kto wie?